CLV

Christliche Literatur-Verbreitung e. V.
Ravensberger Bleiche 6 · 33649 Bielefeld

Die Abenteuer-Reise
1
Lois Walfred Johnson
Rauber der Meere

1. Auflage 2019
2. Auflage 2020

Originaltitel:
Raiders from the Sea / Viking Quest #1

erschienen im Verlag Moody Publishers
820 N. LaSalle Boulevard · Chicago, IL 60610 · USA

Ravensberger Bleiche 6 · 33649 Bielefeld
Internet: www.clv.de

Übersetzung: Oliver Paschke, Hermeskeil
Satz: EDV- und Typoservice Dörwald, Steinhagen
Umschlag: Andreas Fett, Meinerzhagen
Druck und Bindung: CPI books GmbH, Leck

Artikel-Nr. 256451
ISBN 978-3-86699-451-5

Inhalt

Glendalough gibt es wirklich – ein Kloster, das vom irischen Heiligen Kevin von Glendalough im 6. Jahrhundert gegründet wurde. Ich habe Glendalough so beschrieben, wie es im späten 10. Jahrhundert aussah. Doch mit Ausnahme von Kevin von Glendalough sind alle Namen und Personen (einschließlich Bruder Cronan, Bree, Devin, ihrer Familie, Freunde und Bekannten) frei erfunden. Jede Ähnlichkeit mit lebenden oder verstorbenen Personen ist rein zufällig.

Vorwort

Wenn wir heutzutage an Abenteuer denken, dann kommen uns die Weiten des Weltalls oder die unergründlichen Tiefen des Meeres in den Sinn. Damals, zur Zeit der Wikinger, waren die aufregendsten Abenteuer – wie zum Beispiel die Entdeckung Amerikas – jedoch in greifbarer Nähe. Doch eines gab es sowohl damals als auch heute: junge Menschen wie dich mit Mut, Fantasie und der Freude an Abenteuern.

Die verborgene Gefahr

Geräuschlos schlüpfte Briana O'Toole aus der Tür, um den Berg hinter ihrem Haus zu besteigen. Ihr rotblondes Haar wirbelte im Halbdunkel vor der Morgendämmerung. Ihre braunen Augen erkundeten den Nebel, der das unter ihr liegende Tal verbarg. Schon ihr ganzes Leben hatte Briana, die oft auch einfach nur Bree genannt wurde, hier in den irischen Wicklow Mountains verbracht. Jeder Busch, jeder Baum und jeder Stein am Wegrand war ihr vertraut wie ein alter Freund. Noch nicht vertraut war sie jedoch mit der Tatsache, dass an diesem Septembertag im späten 10. Jahrhundert ihr altes Leben enden und etwas Neues beginnen würde.

Sie musste ein steiles Stück klettern und erreichte dann ihre Lieblingsstelle an der Flanke des Brockagh Mountain. Sie spürte die aufkommende Brise im Gesicht. Nur wenige Augenblicke später durchbrach die Sonne den Nebel. Die fernen Wasser der Irischen See übten eine Anziehungskraft auf Bree aus, die sie sich selbst nicht erklären konnte. *Wenn ich doch nur wüsste, was da draußen ist …*

Bree hatte diese Gedanken nicht zum ersten Mal. Schon seit Jahren spürte sie ein Verlangen, eine Neugier, die mit jeder Erzählung zunahm, die sie über die Welt da draußen hörte. Doch nun ließ ihr Wunsch, die Welt jenseits der Insel Irland kennenzulernen, sie nicht mehr los. Wie es wohl wäre, ferne Länder zu bereisen?

Während sie weiterhin auf das Meer blickte, fühlte sie die Abenteuerlust in sich aufsteigen. Dann verspürte sie einen leisen Anflug von Angst. Wäre sie denn mutig genug für solch ein Vorhaben? Ihr Bruder Devin schien vor fast nichts Angst zu haben. Doch Bree wusste, dass eine unbekannte Welt auch Furcht einflößend sein kann. Wenn sich in den irischen Dörfern Freunde trafen, um einander von ihren Erlebnissen zu berichten, hörte Bree Geschichten von den Wikingern und ihren schnellen Schiffen mit den Drachenköpfen am Bug. Das war ein wilder Haufen von Räubern aus den nördlichen Ländern, die aus heiterem Himmel über friedliche Gegenden herfielen.

Bree schauderte es bei diesem Gedanken. *Bitte, Gott! Nicht hier! Nie wieder …*

Als der rote Lichtball größer wurde, glitzerte und tanzte das Sonnenlicht auf der Wasseroberfläche. Sie warf ihr langes Haar über die Schulter und rief sich zur Ordnung. Kein dunkler Gedanke sollte diesen wunderbaren Tag – ihren 13. Geburtstag – stören. Ihr weit geschnittenes blaues Kleid erlaubte es ihr, auch steile Hügel zu erklimmen. So fühlte sie sich bereit, den Tag angemessen zu feiern.

Als sie begann, den Berg wieder hinunterzuklettern, lag der Nebel immer noch über den Tälern. Trotzdem entschied sie sich für den längeren Weg zurück nach Hause. Auch wenn Bree die Flüsse nicht sehen konnte, die auf ihrem Weg in die Irische See am Bauernhof ihrer Familie vorbeiflossen, so kannte sie doch jede ihrer Windungen. Unterhalb von ihr befand sich die Stelle, an der sie immer zusammen mit ihrem jüngeren Bruder und ihren jüngeren Schwestern zum Schwimmen ging. Ein Stück weiter wurde es gefährlich, hier flossen zwei Flüsse zusammen. Als ihr Vater noch ein Kind war, war er irgendwo dort fast ertrunken. Oft warnte er sie vor den Trittsteinen ein Stück flussaufwärts.

»Die Leute denken, dass es hier besonders einfach ist, den Fluss zu überqueren«, hatte ihr Vater ihr gesagt. »Aber ein Fehler, und …«

Nicht nur einmal hatte er Bree gesagt, was sie tun sollte, wenn eines der kleineren Kinder Hilfe brauchte. Sie freute sich jedes Mal, wenn ihr Vater sie für ihre Schwimmkünste lobte. Aber jetzt fühlte sie die Sonne in ihrem Gesicht und genoss deren Wärme.

Irgendwann werde ich diese Berge hinter mir lassen, versprach sie sich. *Irgendwann werde ich die Welt jenseits der Irischen See kennenlernen.*

In diesem Augenblick teilte sich der Nebel und gab den Blick auf die Stelle frei, an der die Strömung schnell und das Wasser tief war. Dort auf den Trittsteinen, wo die Flüsse sich gerade vereinigt hatten, stand ein junger Bursche mit blondem Haar. *Tully!*

Der Junge stand auf einem Felsen und hatte ihr den Rücken zugewandt. Aber Bree war sich sicher, dass es Tully war, ihn würde sie immer erkennen. Er trug eine lange, schmal geschnittene Hose und ein ärmelloses Oberteil und war der Sohn des besten Freundes ihres Vaters. Aber was tat er hier, so weit weg von zu Hause?

Brees Herz hüpfte vor Freude. War er etwa gekommen, um ihr eine Geburtstagsüberraschung zu bereiten? Es würde ihrer Mutter ähnlich sehen, zusammen mit Familie Byrne etwas geplant zu haben. Doch Bree konnte nicht warten. Sie hatte ebenfalls eine Überraschung im Sinn und eilte auf leisen Sohlen den Hügel hinunter.

An diesem Septembertag führte der Fluss durch den gefallenen Herbstregen viel Wasser mit sich. Das Wasser überspülte die Trittsteine am gegenüberliegenden Ufer. Als Tully sich von einem Stein zum nächsten bewegte, verwandelte sich Brees Vorfreude auf eine Geburtstagsüberraschung in Unbehagen. *Sieht er denn nicht, wie stark die Strömung ist?*

Er erreichte den letzten großen Stein und wollte gerade ins Wasser gleiten, um das restliche Stück zu schwimmen. Da rief Bree ihn warnend: »Tully!«

Als er ihre Stimme hörte, wollte er sich umdrehen. Doch da rutschte sein Fuß weg und er verlor das Gleichgewicht. Wild mit den Armen rudernd, fiel er ins Wasser. Bree rannte barfuß zum Ufer und folgte den Steinen hinein in den Fluss. Ihre größte Befürchtung hatte sich bestätigt: Tully hatte sich bei dem Sturz den Kopf gestoßen. Nun trieb er dort knapp unterhalb der Wasseroberfläche mit dem Gesicht nach unten.

Bree kniete sich auf den Stein, der Tully am nächsten war, und streckte ihre Hand aus. Doch in diesem Augenblick geriet der immer noch regungslose Körper in die Strömung und wurde weggetrieben.

Voller Panik stand Bree schnell auf und sprang in den Fluss. Mit schnellen und kräftigen Schwimmzügen tauchte sie durch das Wasser. Als sie Tullys Kopf erkennen konnte, griff sie nach unten, packte ihn an seinen Haaren und zog ihn nach oben. Mit einer Hand hielt sie ihn unter seinem Arm, mit der anderen schwamm sie, und mit den Beinen strampelte sie, um nach oben zu kommen. Als sie dann zusammen die Oberfläche wieder erreichten, hielt sie seinen Kopf über Wasser und strampelte weiter.

Nun umfasste sie mit einer Hand seinen Oberkörper und machte mit der anderen Hand Schwimmbewegungen. Auf dem Weg zum Ufer ging ihr nur ein Gedanke durch den Kopf: Tully musste wieder atmen. In diesem Augenblick erfasste die Strömung die beiden mit voller Kraft und trieb sie unaufhaltsam flussabwärts.

Schwimme mit der Strömung, hatte ihr Vater ihr beigebracht. *Kämpfe nicht dagegen an, sondern lass dich von ihr zum Ufer treiben.* Das Problem war nur, dass die Zeit für Tully allmählich knapp wurde.

Hektisch sah sich Bree nach Hilfe um. Doch weit und breit war niemand zu sehen, nicht einmal Schafe waren in der Nähe. Bree hatte ein weiteres Problem: Wie lange konnte sie den Kopf des Jungen über Wasser halten?

Als sie sich schließlich selbst nicht mehr über Wasser halten konnte, spürte sie unter sich den Grund des Flusses. Sie konnte sich mit den Füßen abstützen und versuchte, ans Ufer zu waten. Mit allerletzter Kraft zerrte sie Tully auf einen breiten, flachen Felsen.

Als er dort auf dem Bauch lag, drehte Bree seinen Kopf zur Seite und klopfte kräftig auf seinen Rücken. Tully würgte und spuckte Wasser aus. Hustend fing er an zu atmen. Brees Erleichterung war grenzenlos: *Er lebt!*

Dann hob der Junge seinen Kopf. Zum ersten Mal konnte Bree sein Gesicht richtig sehen: *Das ist ja gar nicht Tully!*

Bree war entsetzt. *Wenn das nicht Tully ist, wer ist es dann?*

Eine rote Beule auf seiner Stirn markierte die Stelle, wo er mit dem Kopf auf dem Stein aufgeschlagen war. Sein panisches Schnappen nach Luft beruhigte sich allmählich und wich langen, tiefen Atemzügen. Er drehte den Kopf zu Bree und murmelte zwei Worte, die sie jedoch nicht verstand.

Verwirrt betrachtete Bree den Jungen. Sie rang immer noch nach Luft, als sie sich neben ihn auf das grasbewachsene Flussufer setzte. Sie hatte ganz weiche Knie. Noch nie in ihrem Leben war sie glücklicher gewesen, den grünen Boden Irlands zu berühren. Wer konnte dieser Junge bloß sein?

Auf dieser Seite des Flusses ging das grasbewachsene, felsige Flussufer in steile Hügel über. In der kurzen Zeit, in der sie im Wasser gewesen waren, war die Sonne hinter Wolken verschwunden. Nebel waberte zwischen den Bergen. Als ob er die zunehmende Kühle und Feuchtigkeit bemerken würde, drehte sich der Junge auf den Rücken und richtete sich auf. Er schien ungefähr in Brees Alter zu sein, doch die Sonne hatte seine Haut gut gebräunt. Seine blonden Haare hingen ihm lose bis über die Ohren. Am auffälligsten war jedoch sein kantiges Kinn. Wer auch immer dieser fremde Junge war: Er hatte sicher keine Scheu, seine Meinung zu vertreten. Doch jetzt sah sie Verwirrung in seinen blauen Augen.

»Was ist passiert?«, fragte er.

»Du bist gefallen und hast dir den Kopf gestoßen.«

»Wo bin ich?«

»An einem Fluss, der in die Irische See mündet.«

»Und wer bist du?«, fragte der Junge.

Er sprach Nordisch, eine Sprache, die die Händler benutzten. Bree antwortete ihm ebenfalls auf Nordisch. Ihr Vater, ein großer irischer Stammesfürst, war gleichzeitig ein Händler, der mit Leuten aus anderen Ländern Geschäfte machte. Bereits seit frühester Kindheit hatten Bree und ihr älterer Bruder von ihrem Vater die nordische Sprache gelernt.

Statt zu antworten, sprang Bree auf. »Hier in der Nähe ist eine Quelle. Ich hole dir etwas Wasser.« Schnell eilte sie den Hügel hinauf zu der Quelle. Dort lag ein Tongefäß bereit, das jeder benutzen konnte, der aus der Quelle schöpfen wollte. Sie füllte es mit Wasser und kehrte zu dem Jungen zurück.

»Danke«, sagte er, als er gierig getrunken hatte. Bree nickte nur. Sie war jetzt wütend – wütend auf diesen Jungen wegen der Gefahr, der er sie ausgesetzt hatte.

»Warum wolltest du denn unbedingt an dieser Stelle über den Fluss, wo doch die Strömung so stark ist?«

»Ich hätte es schaffen können.«

Bree traute ihren Ohren nicht. »Verstehst du denn nicht, was da vorhin passiert ist?«

»Ich bin ein guter Schwimmer.«

»Du hast dir den Kopf gestoßen.« Bree beherrschte sich nur mit Mühe. »Du hast nicht mehr geatmet.«

Als er sie verärgert ansah, verlor sie die Fassung.

»Du wärst ertrunken ohne mich!«

»Ich gehe jeden Tag schwimmen.«

Die blauen Augen hatten sich verändert. *Er sieht jetzt nicht mehr so verwirrt aus,* dachte Bree bei sich und war froh, dass der Junge langsam wieder normal zu werden schien. Jedoch ärgerte der Stolz in seiner Stimme sie nun umso mehr.

Als sie ihn nun eingehend betrachtete, wurde ihr klar, warum sie den Jungen zunächst für Tully gehalten hatte: Er hatte das gleiche blonde Haar und die gleichen blauen Augen. Sein entschlossener Blick vermittelte, dass er genau wusste, was er wollte, und zielstrebig darauf zugehen würde – genauso war es auch bei Tully. Doch an dieser Stelle endeten die Gemeinsamkeiten auch schon.

Bree überlegte. Was war anders? Dann erkannte

sie den Unterschied zwischen den beiden. Während Tully immer nett zu ihrer Familie war, war der Blick dieses fremden Jungen fast schon kalt und abweisend. Selbst jetzt, nachdem er fast ertrunken war, strahlte er Stolz aus.

»Wo übst du denn immer deine Schwimmkünste aus, auf die du so stolz bist?«, fragte Bree.

Für einen Augenblick schwieg der fremde Junge, als ob er über eine Antwort erst nachdenken müsste. Dann kam hastig eine Antwort:

»Bei mir zu Hause.«

»Und wo ist dein Zuhause?« Bree hatte ihr ganzes Leben hier am Fluss verbracht. Doch diesen Jungen hatte sie in dieser Gegend noch nie gesehen.

Über seine Augen huschte so etwas wie ein Schatten. Er wandte sich dem Fluss zu und deutete mit dem Kopf in Richtung Irische See.

»Dort.«

Bree sah ihn mit einem unbehaglichen Gefühl an. »Was meinst du mit ›dort‹? Unten am Meer?«

»Noch darüber hinaus«, sagte er.

Bree wusste, dass sich eine massive Mauer zwischen ihnen aufgebaut hatte. Er wich ihren Fragen aus. Sie war verärgert und wollte nun endlich klare Antworten.

»Was verbirgst du?«

»Verbergen? Wieso?« Er sah ganz unschuldig aus, doch er erinnerte Bree an einen Jungen, den sie kannte, der ganz genauso aussah, wenn er nicht die Wahrheit sagte.

»Wie heißt du?«, fragte sie.

»Michael«, antwortete er.

Michael … Unwillkürlich kam Bree eine Geschichte aus der Bibel in den Sinn. Als ein mutiger Mann namens Daniel fastete und betete, kam ihm ein hochrangiger Engel namens Michael zu Hilfe.

Aber da war doch irgendetwas seltsam an der Art und Weise, wie dieser Michael seinen Namen aussprach. Es ließ Bree keine Ruhe. Was war es?

Ich bin wohl einfach nur nervös, sagte sich Bree. Als sie begann, weitere Fragen zu stellen, fing der Junge an zu frösteln. Bree spürte, wie die Luft allmählich deutlich kühler wurde. Obwohl Michael tatsächlich jeden Grund hatte zu frieren, beobachtete Bree ihn sehr genau.

Ihn fröstelte wieder, diesmal sah es echt aus. Er schlang die Arme um sich und versuchte sich vor dem Wind zu schützen.

»Hast du eine Decke? Oder etwas zu essen?«

Bree sprang auf. Schon von Kindesbeinen an hatte ihre Mutter sie gelehrt, was es bedeutete, Irin zu sein. Unzählige Male hatte Bree gesehen, wie ihre Mutter jemandem Nahrung, Wasser und ein Dach über dem Kopf angeboten hatte.

»Das ist doch selbstverständlich«, sagte sie dann immer. »Es ist so, als würden wir das für unseren Herrn selbst tun.«

Doch da schoss Bree ein Gedanke durch den Kopf: *Wer auch immer dieser Junge ist – ich möchte ihn nicht zu mir nach Hause einladen.*

»Meine Mutter wird dir ein paar trockene Sachen ausleihen«, sagte sie zu Michael. Sie beobachtete ihn, während sie sprach. Der Junge konnte nicht viel älter sein als sie selbst, doch er wirkte irgendwie erwachsener. Selbstsicherer. Bree grübelte. Doch schließlich gewann die in ihrer Familie übliche Gastfreundschaft die Oberhand.

»Ich hole dir was zu essen.«

Michael nickte. Er zitterte jetzt und seine Zähne klapperten.

Bree brach schnell auf, überquerte zügig die nahe gelegene Weide und kletterte über eine Steinmauer. Dahinter befand sich ein grasbewachsener Hügel, dann folgte der Eichenwald. Ein Stück den Hügel hinauf änderte Bree plötzlich die Richtung. Sie wusste selbst nicht, warum. Statt den kürzesten Weg nach Hause zu nehmen, steuerte Bree auf eine Anhöhe zu, auf der einige Bäume dicht beieinanderstanden.

Kurz bevor sie zwischen den Bäumen verschwinden wollte, um vor Blicken geschützt zu sein, schaute sie noch einmal zurück. Michael saß immer noch am Flussufer und versuchte sich warm zu halten. Selbst aus dieser Entfernung konnte Bree erkennen, wie vor lauter Frieren seine Schultern zuckten. Er hatte sich umgedreht, um zu sehen, welchen Weg sie gegangen war.

Er hob einen Arm und winkte. In diesem Augenblick schien Michael einfach ein ganz normaler Junge in ihrem Alter zu sein. Zum ersten Mal tat er ihr leid. Es wäre wohl besser gewesen, wenn er mit ihr gekommen und dadurch etwas Bewegung gehabt hätte. Dann wäre er wenigstens nicht weiter ausgekühlt. Aber Bree verspürte immer noch ein mulmiges Gefühl und wollte das nicht einfach beiseiteschieben.

Im nächsten Augenblick, als die Bäume sie verbargen, änderte sie erneut die Richtung. Als sie den steilen Hügel am Fuße des Brockagh Mountain erklomm, empfand sie Dankbarkeit dafür, dass sie sportlich und fit war. Erst letzte Woche hatte ihr Bruder Devin zu ihr gesagt:

»Bree, du warst in allem immer schon so gut wie ich. Du musst doch nicht alles tun, was ich tue.«

»Klar muss ich das«, hatte Bree geantwortet. Aber selbst ihrem Bruder konnte sie nicht erklären, warum das so war. Sie wusste schon immer, dass sie körperlich fit sein musste. Sie wollte in der Lage sein, Berge zu besteigen, ohne aus der Puste zu geraten, lange Strecken zu gehen oder in kaltem Wasser zu schwimmen. Dieser Morgen hatte gezeigt, wie wichtig das war.

Sie eilte zwischen den Eichen hindurch auf dem kürzesten Weg nach Hause. Bald schon kam sie auf eine Wiese. Die Schafe, die auf der Wiese grasten, sahen so friedlich aus. Zum ersten Mal wirkte das irgendwie unpassend.

Als Bree schließlich den Bauernhof ihrer Familie erreicht hatte, war sie zu der Überzeugung gekommen, dass ihre Bedenken unberechtigt waren. Im Haus nahm sie trockene Kleidung und eine Decke an sich. In der Küche nahm sie sich einen Laib Brot und einen kleinen Eimer mit Milch.

Als sie gerade wieder zur Tür hinausgehen wollte, wäre sie fast mit ihrem älteren Bruder zusammengestoßen. Er war schlank und groß für sein Alter und hielt sich meist kerzengerade. Die schwarzen Haare und die tiefblauen Augen hatte er von seinem Vater geerbt. Devin war ein Jahr älter als Bree. Er war derjenige, der ihren Vornamen Briana zu einem Spitznamen abgekürzt hatte. Devin sagte ihr oft: »Wenn du stur bist, dann bist du so unbeweglich wie ein Berg.« Dabei benutzte er das Wort »Bree«, das irische Wort für einen hohen, felsigen Hügel. Er wollte sie damit necken, tatsächlich fand Bree es aber schön, dass ihr Spitzname sie an die hochaufragende Landzunge erinnerte, die sich zwischen ihrem Zuhause und der Küste befand.

Solange sie zurückdenken konnte, hatte Devin immer auf sie aufgepasst. Bree wollte das eigentlich nie. Und jetzt wollte er wissen, was sie gerade tat.

»Ich habe einen Jungen vor dem Ertrinken gerettet«, sagte Bree.

»Vor dem Ertrinken?« Devins blaue Augen wurden ganz groß. »Wo?«

»Du kennst doch die Trittsteine im Wasser, an der Stelle, an der die beiden Flüsse zusammenfließen. Dort, wo wir wegen der starken Strömung nie schwimmen.«

»Heißt das, du bist dort geschwommen? Papa wird das aber nicht gern hören ...«

»Wenn ich das nicht gemacht hätte, wäre der Junge ertrunken. Er hat sich beim Fallen den Kopf gestoßen.«

Als Bree sich wieder auf den Weg über die Wiese machte, nahm Devin das Brot und den Eimer mit Milch und folgte ihr.

»Und du bringst ihm das jetzt?«

»Er ist total erschöpft und friert, er kann nicht hierherkommen.«

Da sie immer noch unsicher war, ob sie sich ihr mulmiges Gefühl nicht einfach nur einbildete, sprach sie nicht darüber. Sie und Devin gingen schnell und unterhielten sich nicht. Als sie die erhöhte Stelle erreicht hatten, von der aus man den Fluss überblicken konnte, sah Bree in die Ferne und blieb dann stehen.

»Wo ist er?«, fragte Devin.

Bree zuckte mit den Schultern. »Keine Ahnung, vielleicht versucht er sich hinter einem Busch oder einem Baum vor dem Wind zu schützen.«

Besorgt lief sie los. Doch als sie den Felsen erreichte, an dem Michael gesessen hatte, war dort weit und breit niemand zu sehen.

»Bist du dir sicher, dass wir hier an der richtigen Stelle sind?«, fragte Devin.

»Ganz sicher!«

»Und wo ist dann der Junge, den du gerettet hast?«

Mit zunehmender innerer Unruhe ließ Bree die Decke fallen und lief flussabwärts. An einer Stelle sprang sie von Fels zu Fels. Immer wieder suchte sie die Gegend ab. Schließlich drehte sie sich um, eilte zu Devin und suchte auch flussaufwärts. Dann gab sie auf. Wer auch immer dieser Junge war – er war nirgends zu finden.

Als Bree wieder zu ihrem Bruder zurückgekehrt war, sah sie den Ausdruck in seinen Augen.

»Bist du dir sicher, dass du dir das alles nicht nur eingebildet hast?«

Bree schüttelte den Kopf. Sie hatte nicht den geringsten Zweifel daran, dass sie einen Jungen vor dem Ertrinken gerettet hatte. Im Übrigen waren ihr Kleid und ihr langes, rotblondes Haar nur teilweise trocken. Doch wo konnte Michael nur sein? Auch wenn er es nicht zugeben wollte: Er brauchte Hilfe.

Oder vielleicht doch nicht? Ihr kamen immer mehr Zweifel. *Gut, er mag ja wirklich fast ertrunken sein, aber danach? Hat er nur vorgetäuscht, dass er friert?* Irgendwie war das alles sehr seltsam.

Jetzt fuhr Devin sie an: »Kann es nicht vielleicht sein, dass du hier allein geschwommen bist und dir das alles nur ausgedacht hast, damit ich Papa nichts sage?«

»Papa ist hier als Kind fast ertrunken«, entgegnete ihm Bree. »Er hat mir erklärt, was zu tun ist, wenn jemand Hilfe braucht.«

»Aber wo ist dann der Junge, wenn du ihm geholfen hast?«, fragte Devin nun zum dritten Mal.

Bree kam das selbst unwirklich vor. Wie konnte sich Michael einfach in Luft auflösen?

Dann blickte sie nach unten. Ein flacher Felsen in der Nähe des Flusses war noch immer nass. Bree zeigte darauf.

»Das ist die Stelle, an der ich ihm aus dem Wasser geholfen habe.«

Diese ganze Geschichte bereitete Bree Kopfzerbrechen. Michael war ihren Fragen ausgewichen, da war sich Bree sicher. Aber war er wegen seiner Kopfverletzung wirklich benommen und verwirrt gewesen? War er überhaupt in den Fluss gefallen und fast ertrunken? Bree fühlte sich elend, als sie flussaufwärts und flussabwärts blickte. Es war alles ihre Schuld. Er hatte gefroren und war schwach, sie hätte ihn nicht allein lassen dürfen.

»Wie war der Name des Jungen?«, fragte Devin, immer noch neugierig.

»Michael«, sagte sie langsam. »Er sagte, sein Name sei Michael. Du weißt schon, wie der Engel in der Bibel.«

In diesem Augenblick wusste Bree, warum sie die ganze Zeit so ein mulmiges Gefühl gehabt hatte.

»Er hat ›Michael‹ irgendwie anders ausgesprochen.«

Plötzlich empfand sie Wut. *Es ist gar nicht Michael, der Hilfe braucht, sondern ich selbst.*

Aber nicht einmal mit ihrem Bruder, dem sie vertraute, wollte sie ihre Gedanken teilen. *Ich habe Michael hier am frühen Morgen angetroffen. Ist er vielleicht nachts als Spion unterwegs gewesen? Habe ich ihn völlig überrumpelt, da er überhaupt nicht damit gerechnet hat, zu dieser Zeit an diesem Ort jemandem zu begegnen?*

Tief im Innern begann Bree zu zittern. *Wer ist dieser Junge, der so genau zu wissen scheint, was er als Nächstes vorhat?*

Die Warnung

Bree erkannte, dass wohl kein Weg daran vorbeiführte, die Karten auf den Tisch zu legen. Sie sprach leiser, als sie sich an ihren Bruder wandte, da sie fürchtete, dass der fremde Junge sich vielleicht hier irgendwo in der Nähe versteckt haben könnte.

»Du weißt doch, wie wir den Namen von Michael, dem Engel, aussprechen, oder?«

»*Meehaul.*« Devin sah besorgt aus.

»Und du weißt doch auch, wie wir eine neue Sprache lernen.« Bree und Devin lernten Latein bei Bruder Cronan, einem Mönch an der Schule in der Nähe ihres Hauses. Oft ließ er sie unbekannte Worte so lange wiederholen, bis die Aussprache absolut perfekt war.

Damals, in den finsteren Zeiten, als Barbaren über den europäischen Kontinent herfielen, flohen Schüler und Studenten aus vielen verschiedenen Ländern nach Irland. Sie kamen vor allem ins Kloster Glendalough (das *Glen-da-loch* ausgesprochen wird). Oft war Bree stolz darauf, dass sie in diesem Kloster lernen durfte. Manchmal war ihr jedoch eher nach Aufgeben zumute, da Bruder Cronan so viel von ihr verlangte. Am Ende siegte aber stets ihre Neugier, die sie weitermachen ließ.

Diese Neugier zahlte sich jetzt aus.

»Der Junge, den ich gerettet habe, sprach seinen Namen so aus, als hätte er diese Aussprache von einem Iren gehört. Aber eine Sache war anders, die Aussprache stimmte nicht so ganz.«

»Und da ist noch was ...« Devin sprach langsam, als wenn er nachdenken würde. »Kennst du auch nur ein einziges irisches Kind mit Namen Michael?«

Bree verstand, worauf er hinauswollte. »Es ist ein Name, vor dem wir Respekt haben.«

»Ja, und das geht so weit, dass Eltern ihre Kinder nicht Michael nennen«, fügte Devin hinzu. »Vermutlich ändert sich das eines Tages. Aber in der Bibel ist Michael nicht einfach irgendein Engel. Er ist ein mächtiger Engelsfürst, der gegen den Fürsten von Persien gekämpft hat.«

Bree holte tief Luft, um ihre aufsteigende Panik in den Griff zu bekommen.

»Ist noch was?«, fragte Devin.

»Wir haben uns auf Nordisch unterhalten.«

»Na und? Viele Leute können Nordisch sprechen.« Devin schien darin kein Problem zu sehen. »Vielleicht ist sein Vater ja ein Händler, so wie unserer. Oder vielleicht ist er ein neuer Schüler an der Schule und wir kennen ihn nur noch nicht.«

Die Klosterschule war zu beachtlicher Größe herangewachsen, und es konnte gut sein, dass Devin recht hatte. Aber in seinen blauen Augen sah sie seine Sorge, und da gab es auch wirklich etwas, was sie nicht so einfach ignorieren konnte. Vor langer Zeit wurde der Reichtum der Klöster in Irland und anderen Ländern von plündernden Wikingern entdeckt.

»Wir leben so nah bei Glendalough«, sagte sie. »Sehr nah bei dem Gold und den wertvollen Edelsteinen, die die Pilger ins Kloster bringen. Was ist, wenn …« Sie hielt inne.

»Was ist, wenn was?«

Bree konnte ihre Befürchtungen nicht länger für sich behalten. »Ich fand den Jungen hier kurz nach Sonnenaufgang. Was ist, wenn er nachts unterwegs war, um die Gegend auszukundschaften?«

Allein schon die Erinnerung an ihre Begegnung reichte, um Brees Herzschlag zu beschleunigen.

»Dev, ich habe Angst. Könnte der Junge ein Wikinger sein?«

Ihr Bruder antwortete zunächst nicht. Schließlich sagte er nur: »Wir müssen Mama und Papa warnen.«

Bree sah ihn an. *Meinen Bruder verlässt doch sonst nie der Mut …* Mehr als einmal hatte Bree sich gewünscht, dass sie seinen Mut hätte. Devin machte sich nur dann Sorgen, wenn es dafür einen handfesten Grund gab. Aber so unruhig wie jetzt hatte sie ihn seit Jahren nicht mehr erlebt.

»Bist du dir sicher?«, fragte Bree. »Was ist, wenn ich mir das alles nur eingebildet habe?« Wenn sie niemandem von dem fremden Jungen erzählen würden, dann würden ihre Sorgen vielleicht verschwinden.

Doch als Devin ihr antwortete, klang seine Stimme hart: »Wir haben uns auch nicht eingebildet, dass die Wikinger uns Keely weggenommen haben.«

Bree blinzelte, doch sie konnte die Tränen nicht zurückhalten. Ihre Schwester Keely war das jüngste Kind der Familie gewesen, als die Wikinger das letzte Mal gekommen waren. An diesem Tag hatte sich das Leben der Familie O'Toole für immer verändert.

Bree hatte Mühe zu sprechen: »Denkst du, dass wir Keely jemals wiedersehen werden?«

»Ich hoffe es.«

Bree sah den Schmerz in seinen Augen, aber Devin überraschte sie mit einer kurzen, geschwisterlichen Umarmung.

»Wer auch immer dieser Junge ist – was passiert ist, ist nicht deine Schuld. Woher hättest du wissen sollen, dass er in Wahrheit ein Wikinger ist? Falls das überhaupt so ist … Wir wissen ja immer noch nichts Genaues.«

So gern Bree auch glauben wollte, dass eigentlich alles in Ordnung war, musste sie Devin doch zustimmen. Sie durften kein Risiko eingehen.

»Du gehst nach Hause«, sagte sie. »Und ich gehe zum Kloster.«

Bereits vor langer Zeit hatten Bree und Devin den kürzesten Weg von diesem Teil des Flusses zum Bauernhof ihrer Familie entdeckt. Als sie noch jünger waren, bestand eines ihrer Spiele darin, vom Fluss aus nach Hause zu rennen. Gewonnen hatte, wer zuerst ankam. Doch ihr Vater hatte eine Warnung ausgesprochen:

»Geht nicht immer den gleichen Weg, damit nicht

irgendwann ein Trampelpfad zu uns nach Hause entsteht.«

Inzwischen kannten Bree und Devin mehrere Wege nach Hause, und keiner von ihnen war als solcher erkennbar. Ein Stück den Hügel hinauf bog Devin in Richtung ihres Bauernhofs ab, während Bree weiter durch den Wald ging. Als sie eine Stelle erreichte, von der aus man Glendalough sehen konnte, machte sie einen Augenblick Pause, um zu verschnaufen.

Unterhalb von ihr lag das Kloster, das vom irischen Heiligen Kevin von Glendalough gegründet wurde. Jetzt, im späten 10. Jahrhundert, waren bereits Tausende von Menschen in die Grafschaft Wicklow und in das Kloster gekommen, dessen Name »Tal der zwei Seen« bedeutete. Wegen seiner vielen Gebäude wurde Glendalough als »Klosterstadt« bezeichnet. Im Schutz seiner Mauern lebten und arbeiteten Männer, Frauen und Kinder. Hier befand sich auch die Schule, die täglich Unterricht anbot. Während die meisten Schüler Mönche wurden und den Rest ihres Lebens im Kloster verbrachten, kamen andere wie Bree und Devin nur für die Zeit des Unterrichts dorthin.

Zum Glück lebe ich nah genug beim Kloster, um dieses Angebot nutzen zu können! Für Bree war es ein Wunder, dass sie Latein – die Sprache, in die die Bibel übersetzt wurde – lesen und schreiben konnte. Als sie noch kleiner war, wollte sie ständig wissen, was ihr Bruder gerade lernte. Jeden Abend, nachdem

Bree etwas über Haushaltsführung gelernt hatte, brachte ihr Bruder ihr bei, was er selbst gelernt hatte. Irgendwann hatte er keine Lust mehr, ihre Fragen zu beantworten.

Als er einmal keine Antwort geben konnte, sah er sie wütend an und sagte: »Warum fragst du Bruder Cronan nicht einfach selbst?«

Bree lächelte dann: »Gute Idee, das werde ich tun.«

Mit so einer Antwort hatte Devin nicht gerechnet: »Ach Bree, *so* hatte ich das doch nicht gemeint!«

»Aber ich. Wenn er und die anderen Mönche alle möglichen Menschen aus Irland und Europa unterrichten können, warum dann nicht jemanden, der hier gleich um die Ecke wohnt?«

»Das tun sie doch. Mich zum Beispiel.«

»Ja, aber warum unterrichten sie keine Mädchen?«

»Ich wollte dich doch nur an dem teilhaben lassen, was ich gelernt habe«, hatte Devin geantwortet. »Das sollte jetzt keine große Sache werden ...«

»Alles gut, du hast mich ja nur auf eine Idee gebracht. Die Mönche unterrichten Adlige genauso wie einfaches Volk. Und die irischen Männer ehren ihre Frauen.«

Als Devin grinsen musste, fuhr Bree schnell fort: »Es gibt doch wohl mehr als nur eine irische Frau, die berühmt geworden ist. Kriegerinnen, Herrscherinnen und Dichterinnen – denk doch mal an all die irischen Frauen, die Heldentaten vollbracht haben.«

»*Frauen*, Bree, Frauen … Nicht junge Mädels wie du.«

Bree hatte sich ausgeschüttet vor Lachen. Dann machte sie plötzlich ein erhabenes Gesicht und verkündete todernst: »Jede Frau war einmal ein Mädchen.«

Darauf wusste Devin nichts mehr zu erwidern und lachte mit.

Bree nutzte die Situation: »Ich könnte doch mit dir in die Schule gehen.« Sie waren nicht nur Geschwister, sie waren auch Freunde. Sie würde es schön finden. »Ich würde mit dir mithalten, ich weiß, dass ich das kann.«

»Das ist es ja gerade, was mir Sorgen macht.« Devin war ernst geworden. »Du würdest mir das Leben nicht gerade erleichtern.«

Doch wenn Bree sich etwas in den Kopf gesetzt hatte, dann wollte sie nicht warten, sondern ihre Idee zügig umsetzen.

»Ich werde Bruder Cronan fragen.«

Cronan war nicht nur Leiter der Schule in Glendalough, sondern auch ein Schreiber, der die Bibel abschrieb, um sie auf diese Weise zu vervielfältigen. Als Bree zum ersten Mal die von ihm geschriebenen Seiten sah, war sie fasziniert von den leuchtenden Farben. Schon bald verstand sie, warum es den Mönchen so wichtig war, dass es handgeschriebene Abschriften der Heiligen Schrift gab. Brees Wunsch, gut lesen zu können, wurde zu dem Verlangen, die Bibel selbst kennenzulernen.

Immer noch voller Fragen über den Jungen, den sie gerettet hatte, eilte Bree zu dem steinernen Bogen in den hohen Mauern von Glendalough. Der Torwächter kannte Bree und ließ sie mit einem Wink passieren.

Normalerweise blieb sie beim Kreuz der Kirche des Heiligen Kevin von Glendalough stehen, doch heute lief sie weiter zu dem Turm, der hoch über die anderen Gebäude aufragte. Er war über dreißig Meter hoch, und die runden Steinmauern waren am Boden etwa einen Meter dick. Fünf der sieben Stockwerke verfügten über ein kleines Fenster. Die vier Fenster des obersten Stockwerkes waren so angeordnet, dass man in alle vier Richtungen blicken konnte.

Bree hatte nie weiter über diese Fenster nachgedacht. Jetzt tat sie es. Wenn jemand dort oben stand, konnte er durch die vier Fenster rundherum die Gegend beobachten.

Bree wusste, dass die Mönche die Menschen zum Gottesdienst riefen, indem sie aus den obersten Fenstern heraus Handglocken läuteten. Sie war sich auch sicher, dass die Mönche zum Beten in den Turm gingen und dass Cronan den Turm dazu nutzte, um die Schätze des Klosters zu verstecken. Doch heute fiel ihr noch eine weitere Nutzungsmöglichkeit ein. Sie blickte an dem hohen, kegelförmigen Gebäude hinauf. Ihr Blick verharrte auf der Tür, die in vier Metern Höhe in den Turm eingelassen war. Falls wirklich die »Räuber der Meere« in den Wäldern herumschlichen, dann wäre dieser Turm ein mögliches Versteck für all jene, die Schutz suchten. Wäre man erst einmal innerhalb des Turms, könnte man die Leiter hochziehen und die Tür verbarrikadieren.

Nach allem, was am Fluss geschehen war, hielt sich Bree nun an diesem Gedanken fest. Sie konnte auch nicht den harten Ausdruck in Michaels Augen vergessen. Bree brauchte jetzt das Gefühl von Sicherheit. Sie streckte die Hand aus, um den Turm zu berühren. Doch sie änderte ihre Meinung, drehte sich um und ging zurück zum Kreuz. Als sie vor dem Kreuz stand, das aus einem massiven Stück Granit gefertigt war, blickte sie auf und betete.

»Herr, du siehst, dass ich völlig verängstigt bin. Was auch immer mit mir passiert, was auch immer in meinem Leben geschieht: Bitte gib mir die Gewissheit, dass du immer bei mir sein wirst.«

Wie schon so oft zuvor ging Bree zu dem Gebäude, in dem die Schreiber von Hand die Heilige Schrift abschrieben. Direkt hinter der Tür des Raumes, in dem sie sich am liebsten aufhielt, war ein Mönch mit der Herstellung der leuchtenden Tinte beschäftigt, die nur für die Verzierung besonderer Bücher verwendet wurde.

Bruder Cronan saß auf einem hohen Hocker in einer Ecke des Raumes. Seine Stirn war bis hinauf zur Mitte des Kopfes rasiert, dahinter fiel sein langes Haar herunter. Seine braune Robe berührte den Boden und umschloss seine Füße, die in Sandalen steckten. Mit ruhiger Hand schrieb er auf Pergament, einer Kalbshaut, die nur für ganz besondere Bücher – wie die Bibel – verwendet wurde.

Bree blieb im Hintergrund, um ihren Lehrer nicht zu stören, verfolgte aber trotzdem jede seiner Handbewegungen. Cronan war sehr begabt darin, die Heilige Schrift abzuschreiben. Während Bree ihn beobachtete, verzierte er gerade den ersten Buchstaben des Johannesevangeliums mit leuchtenden Farben und einem komplizierten Muster. Da sie seine Arbeit nicht zunichtemachen wollte, wagte sie es nicht, ihn anzusprechen. Sie wartete, bis Cronan sich ihr zuwandte. Als er sie sah, erhellte ein freundliches Lächeln sein Gesicht.

»Wie geht es dir, Briana?«, fragte er sie, genauso wie damals, als sie ihm zum ersten Mal begegnet war. »Weißt du noch, wie du an deinem neunten Geburtstag hierherkamst?«

Von der Frage etwas überrascht, nickte Bree. Wie konnte er sich bei der Vielzahl der Schüler, die er betreute, so etwas merken? Aber so war Bruder Cronan eben.

»Alles Gute zum Geburtstag, mein Kind«, sagte er jetzt, so wie er es damals auch getan hatte.

Bree blinzelte. Vor lauter Aufregung an diesem Morgen hatte sie glatt vergessen, dass sie ja heute Geburtstag hatte.

»Du standst hinter mir, genauso wie jetzt. Ich sah die gleiche Faszination in deinen Augen. Eine Ehrfurcht vor der Heiligen Schrift.«

Bree fühlte sich geschmeichelt und wusste nicht so recht, was sie sagen sollte.

Cronan fuhr fort: »Ich musste heute Morgen an dich denken. Ich habe sogar bei der Arbeit für dich gebetet. Stimmt irgendetwas nicht?«

Bree konnte nicht antworten, deshalb nickte sie nur.

So, als wenn sie immer noch beim Fluss unten wäre, sah sie den stolzen Jungen namens Michael vor sich. Nun zitterte sie.

Als der Mönch seinen Stift niederlegte und aufstand, wich sein Blick nicht von ihrem Gesicht. »Was ist, mein Kind?«

Die Freundlichkeit ihres Lehrers brachte Bree dazu, ihre Sorgen nicht länger für sich zu behalten. Sie musste zweimal schlucken, brachte dann aber schließlich heraus: »Ich muss dich warnen.«

Sofort verschwand das Lächeln aus dem Gesicht des Mönchs.

»Ich denke, du solltest mit meinem Vater sprechen«, sagte Bree. »Devin sagt, dass es wichtig ist.«

»Dann werde ich das tun. Devin unterlaufen bei wichtigen Dingen keine Fehler. Er ist der geborene Anführer.«

In den Augen des Mönchs zeigte sich erneut Freude. »Außerdem ist jetzt Mittagszeit und ich muss unbedingt überprüfen, ob deine Mutter immer noch eine gute Köchin ist.«

Cronan ging rasch voran, Bree blieb dicht hinter

ihm. So erreichten sie in kurzer Zeit den Bauernhof ihrer Eltern.

Als sie das Haus erreichten, setzte sich Familie O'Toole gerade an den Tisch, um zu Mittag zu essen. Brees Mutter Maureen stellte sofort einen weiteren Teller auf den Tisch und kochte noch etwas mehr von der leichten Mahlzeit, die sie mittags stets zu sich nahmen. Bald schon erfüllte der Duft von gebratenem Fleisch und frisch gebackenem Brot das Haus.

Mehr als einmal schon hatte man Bree gesagt, dass sie die rotblonden Haare und das gütige Lächeln ihrer Mutter habe.

Als Mama jetzt den Mönch zum Essen einlud, war Devin wegen dieser Verzögerung offensichtlich ungeduldig.

»Hast du Bruder Cronan erzählt, was passiert ist?«, flüsterte er Bree zu. »Was hat er gesagt?«

Bree zuckte mit den Schultern, schüttelte den Kopf und sah sich um. An einem Ende des großen, offenen Raums befand sich die Feuerstelle. Brees Vater hatte ihrer Großmutter ein Bett gebaut und es direkt neben die Feuerstelle gestellt. Da sie ständig fror, brauchte sie die Wärme. Und hier konnte sie auch am Leben der Familie teilhaben. Mit hellen, munteren Augen sprach sie stets die Kinder an, wenn sie bei ihr vorbeikamen.

Brees Vater trat vor. Aidan O'Toole hieß seinen Freund Cronan herzlich willkommen und geleitete ihn zum Tisch. Brees sieben Jahre alter Bruder Adam und ihre jüngeren Schwestern Cara und Jen saßen zwischen Bree und ihrer Mutter.

»Deine Kochkünste sind wie immer unübertroffen, Maureen«, lobte Cronan, als sie ungefähr zur Hälfte mit dem Essen fertig waren. Brees Mutter lächelte. Dieses Kompliment freute sie jedes Mal. Im ganzen südöstlichen Teil Irlands war sie für ihre Kochkünste bekannt. Egal, was sie zubereitete: Es schmeckte vorzüglich. Und sie sorgte dafür, dass Bree eine ebenso gute Köchin werden würde.

Heute überraschte Cronan Bree damit, dass er zügig aß. Als er fertig gegessen hatte, schaute er Adam, Cara und Jen an. Brees Vater verstand die Botschaft.

»Geht raus zum Spielen, Kinder«, sagte er ihnen. »Aber bleibt nah beim Haus.«

Sobald sie draußen waren, sprach Cronan: »Briana sagte mir, dass es da etwas gibt, was ich wissen sollte. Mein Kind, sag mir, warum du und Devin denkt, dass ich gewarnt werden sollte.«

Mit angsterfülltem Herzen berichtete Bree von dem fremden Jungen, der die korrekte Aussprache seines eigenen Namens nicht kannte.

Brees Geburtstag

Während Bree sprach, beobachtete sie ihren Vater. Zuerst schien eine dunkle Wolke über sein Gesicht zu huschen. Ihr Vater schien sich gerade vorzustellen, was geschehen würde, wenn die Räuber wieder in diese Gegend kommen würden. Er konnte seinen Zorn darüber nur mühsam zurückhalten.

Vor zweihundert Jahren hatten die Wikinger mit ihren Beutezügen entlang der irischen und schottischen Küste begonnen. 46 Jahre später, im Jahr 841, errichteten Kaufleute der Wikinger einen Handelsstützpunkt in Dublin. Seitdem hatten die Wikinger viele Male Glendalough geplündert.

Brees Vater hörte ihr aufmerksam zu, ohne seinen Blick auch nur ein einziges Mal von ihr abzuwenden. Wenn er ihr eine Frage stellte, versuchte sie sich an so viele Einzelheiten wie möglich zu erinnern.

Devin schwieg und schien darauf zu achten, dass Bree nichts ausließ. Als sie ihren Bericht beendet hatte, war das Gesicht ihrer Mutter bleich und starr, ihre Augen waren angsterfüllt.

Cronan sprach leise. »Wir hatten eine Zeit lang Frieden, aber wir dürfen jetzt nicht unvorsichtig werden. Briana, es ist wichtig, dass wir gewarnt werden, damit wir in Glendalough stets bereit sind. So, wie die Wikinger uns bereits früher heimgesucht haben, so werden sie uns bestimmt auch wieder heimsuchen.«

Wie ein aufziehender, dichter Nebel lag das Wort »Wikinger« in der Luft: wilde Männer, die aus heiterem Himmel über Klöster und benachbarte Siedlungen herfielen. Durch den geringen Tiefgang ihrer Langschiffe war es ihnen auch möglich, größere und kleinere Flüsse zu befahren. Oft tauchten sie daher fernab des Meeres auf, wo niemand sie erwartete.

Bis zu diesem Augenblick hatte Bree es geschafft, ihre schlimmsten Ängste zu unterdrücken. Doch jetzt konnte sie diese nicht mehr länger ignorieren.

Seit sie denken konnte, hatte sie immer auf ihren Vater geblickt, wenn etwas nicht in Ordnung war. Jetzt waren Aidan O'Tooles tiefblaue Augen voller Sorge. Und doch: Wenn er sprach, vermittelte seine Stimme die Stärke eines echten Anführers. Er hatte bereits einen Plan.

»Wir müssen den Menschen hier die Gefahr wieder ins Bewusstsein rufen«, sagte er. »Manchmal vergessen sie das Plündern und Brandschatzen vergangener Zeiten. Sie müssen wieder wissen, dass die Glocke des Klosters auf zweierlei Weisen geläutet werden kann: Die eine Art zu läuten ruft zum Gottesdienst, die andere ist das Signal, zu fliehen und sich zu verstecken.«

Er sah Devin mit festem Blick an. »Stell Eimer mit frischem Wasser an die Orte, die wir vorbereitet haben. Nimm auch warme Winterdecken und haltbare Lebensmittel mit.«

An Bree gewandt sagte er: »Ich möchte, dass du und Devin dafür sorgt, dass alles bereit ist. Wir haben euch den sichersten Ort zugewiesen, den wir haben. Allerdings ist es auch das Versteck mit dem geringsten Platz. Überlegt euch also gut, wie ihr den vorhandenen Raum am besten nutzen könnt.«

Brees Vater blickte zur Feuerstelle. Trotz der Wärme des Feuers lag ihre Oma wie ein kleiner Vogel in einem Nest aus Decken. In einem Augenblick war sie wach, im nächsten Augenblick döste sie wieder. Deshalb war es auch Brees und Devins Aufgabe, auf die kleineren Kinder aufzupassen.

Dann wandte sich ihr Vater an ihre Mutter: »Meine geliebte Maureen, falls ich zu Hause bin, wenn die Räuber kommen, werden wir zusammenarbeiten. Falls nicht, nimm Oma und geh los. Wenn ihr keine Zeit mehr habt, euch um die Tiere zu kümmern, dann lasst sie zurück.«

Als Brees Vater sich schließlich an den Mönch wandte, traf sich der Blick der beiden Freunde über den Tisch hinweg. »Du hast ja schon ein sicheres Versteck für die Mönche und Schüler vorbereitet.«

»Der Turm ist bereit«, antwortete Cronan.

»Und die Manuskripte? Brauchst du dabei Hilfe?«

»Wir werden sie bald so versteckt haben, dass keine Menschenseele sie jemals finden wird.«

»Die Manuskripte?«, flüsterte Bree. Sie dachte an die sorgfältig abgeschriebenen Seiten der Bibel. Durch die lebendigen Farben wirkte es, als ob Licht durch sie hindurchschien. Sie konnte sich nichts

Schlimmeres vorstellen, als dass sie gestohlen würden.

Cronan nickte. »Die Räuber verstehen nicht, warum die Bibel uns so viel bedeutet. Sie beten heidnische Götter an und stehlen unsere Bibeln wegen der wertvollen Edelsteine auf den Buchdeckeln.«

Cronan wandte sich nun wieder an Brees Vater: »Ich werde manches absichtlich nicht verstecken, sodass sie es finden werden: Schätze, die nicht sehr wertvoll sind, und Manuskripte, mit denen wir gerade erst begonnen haben. Die Wikinger sollen gerade so viel finden, dass sie nicht auf den Gedanken kommen, nach mehr zu suchen.«

Brees Vater schien darüber zufrieden zu sein, dass sie alles so genau vorausgeplant hatten.

»Können wir zusammen beten?«, fragte Brees Mutter mit einer fast zur Unkenntlichkeit veränderten Stimme.

»Ja, natürlich.« Cronan sah sich kurz am Tisch um. Sein Blick verweilte bei den drei leeren Tellern, so als ob er an Adam, Cara und Jen denken musste. Dann wandte er sich an Devin. »Du bist ein geborener Anführer, genauso wie dein Vater. Gott wird deine vielfältigen Gaben gut zu gebrauchen wissen.«

Devin nickte ernst. »Danke.«

Der Mönch wandte sich an Brees Eltern. »Wir müssen die Kinder auch weiterhin lehren, dem Herrn zu vertrauen – egal, was passiert. Lasst uns insbesondere Briana ermutigen.«

»Insbesondere?« Brees Mutter klang panisch.

»O nein, Cronan, nein!« Sofort schlug sie die Hände vor den Mund, als wollte sie sich selbst unterbrechen. Aber die Angst in ihren Augen blieb.

Nach einem Augenblick der Stille, der kein Ende nehmen wollte, senkte Cronan den Kopf und betete: »Herr, bewahre uns vor den wilden Männern aus dem Norden. Lieber und gütiger Herr, beschütze uns alle.«

Bree betete in Gedanken mit. *Und, Herr, beschütze uns vor diesem hasserfüllten Jungen, wer auch immer er ist.*

Als der Mönch gegangen war, kehrten Bree, Devin und ihre Eltern an den Tisch zurück. Bree liebte das laute Lachen ihres Vaters, aber heute bekam sie es nicht zu hören.

Brees Blick fixierte die ernst dreinblickenden Augen ihres Vaters. Sie fragte ihn: »Erinnerst du dich noch daran, als ich Bruder Cronan fragte, ob ich auch zur Schule gehen könnte? Seitdem hast du ihn immer, wenn er zu uns kam, gebeten, dass er um Schutz und Bewahrung für uns betet. Und du hast uns beigebracht, wie wir uns verhalten sollen.«

Jetzt war Bree alt genug, um zu verstehen, dass ihr Vater ihr und Devin einen sorgfältig erdachten Plan vermittelt hatte, mit dem die kleineren Kinder zum Wald gebracht werden sollten. »Du hast ein Spiel daraus gemacht und wir hätten nie gedacht, wie wichtig dieses Spiel einmal sein würde.«

»Bis jetzt.« Devin sah einen nach dem anderen an. »Bis heute, unten bei den Trittsteinen im Wasser. Wir haben wieder über Keely gesprochen.«

Immer dann, wenn der Name ihrer Schwester genannt wurde, sah Bree ihren Eltern den Schmerz an. Der Verlust hatte ihre Mutter zu einer ruhigeren Frau und ihren Vater zu einem nachdenklicheren Mann gemacht. Oft bemerkte Bree, wie der Blick ihrer Eltern auf den jüngsten Kindern ruhte. Gott hatte ihnen eine zweite Familie geschenkt.

Doch jetzt konnte Bree nur noch an die kommenden Tage denken. *Was wird mit uns geschehen?*, fragte sie sich mit angsterfülltem Herzen. *Was wird mit mir und meiner Familie geschehen?*

Bree versuchte, die Mischung aus Trauer, Wut und Angst unter Kontrolle zu halten. Doch ihre Gefühle mussten aus ihr heraus: »Ich will keine Angst haben.«

Ihr Vater streckte seinen Arm aus und legte seine große Hand auf ihre. »Jeder von uns hat mal Angst«, sagte er.

»Auch du?« Der Gedanke erschreckte Briana.

»Es ist nichts verkehrt daran, Angst zu haben. Manchmal beschützt uns Gott auf diese Weise.«

Die Augen ihres Vaters füllten sich mit Tränen. »Meine Tochter ...« Er musste kräftig schlucken und die Tränen wegblinzeln. »Briana ...« Wieder musste er unterbrechen.

Die Art und Weise, wie ihr Vater ihren Namen aussprach, ließ Bree zur Ruhe kommen. Schon seit sie ein kleines Mädchen gewesen war, hatte sie seine Fürsorge für ihre Mutter und jedes einzelne Kind der Familie gespürt. Seine Liebe für sie alle gab Briana das beruhigende Gefühl von Geborgenheit und Schutz.

Er fuhr fort: »Es wird immer Menschen geben, die eine Gefahr für uns sind. Wenn wir uns von ihnen Angst einjagen lassen, haben sie gewonnen. Aber weißt du was? Manchmal vollbringen wir die größten Taten – das, was wirklich zählt –, wenn wir Angst haben. Was zählt, ist, wie wir *trotz* der Angst leben.«

Als ob er wirklich sichergehen wollte, dass sie ihn verstanden hatte, beugte ihr Vater sich vor und sagte: »Briana, du hast die Heilige Schrift studiert und verinnerlicht. Sie wird dir ein Trost sein.«

Verdutzt wartete Bree darauf, dass ihr Vater fortfuhr, doch er sagte nichts mehr. »... ein Trost sein – für *mich*?« Sie hatte Mühe zu sprechen.

Wenn Trost vonnöten war, bedeutete dies, dass etwas Schlimmes geschehen war. Irgendetwas war schwierig oder gefährlich oder angsteinflößend.

»Das Wort Gottes wird wie ein Schwert sein, mit dessen Hilfe du deine Feinde besiegen kannst.«

Bree wollte nicht darüber nachdenken, wer ein möglicher Feind sein könnte. Vor längerer Zeit hatte ihr Vater sich von Gott abgewandt. In der Nacht, als er den Herrn später schluchzend um Vergebung gebeten hatte, war sie wach gewesen und hatte alles mitbekommen. Seit dieser Zeit war Aidan O'Toole ein anderer Mensch.

Jetzt sprach er die Wahrheit aus, und Bree wusste das. Sie spürte den inneren Drang, auszurufen: »Es wird keine Notwendigkeit zum Trösten geben!«

Dann sprach ihr Vater direkt zu ihrem Herzen: »Briana, wenn du eine Prüfung durchzustehen hast, dann denk daran, wie sehr wir dich lieben. Du hast den notwendigen Mut, um aus einer solchen Situation siegreich hervorzugehen.«

»Aber wie?«, fragte Bree. Dann erinnerte sie sich. Vor langer Zeit hatte ihr Vater mit ihr und Devin über den Mut zum Sieg gesprochen. »Denkst du, dass ich mutig genug bin, wenn es *wirklich* hart auf hart kommt?«

Ihr Vater lächelte. »Komm her«, sagte er, »ich möchte dich umarmen, damit du das nicht vergisst.«

Als Bree bei ihm stand, fühlte sie sich wie ein kleines Mädchen und nicht wie eine 13-Jährige. Ihr Vater legte den Arm um sie und ließ sie seine Liebe spüren. »Alles Gute zum Geburtstag, Briana«, sagte er sanft. »Ich möchte, dass du dich immer an diesen Tag erinnerst.«

Das dürfte wohl kein Problem sein, dachte Bree. Schließlich war das ihr Geburtstag.

»Und bitte erinnere dich auch immer an Folgendes«, fügte ihr Vater hinzu. »Egal, was du auch durchmachen musst: Wenn du Gott um Hilfe bittest, wird er dir auch helfen.«

Das Versteck im Wald

Die grünen Hügel Irlands waren feucht vom Abendnebel, als Devin O'Toole den Fluss erreichte. Etwas flussaufwärts von der Stelle, an der Bree den Jungen namens Michael gerettet hatte, führte der Fluss am Bauernhof seiner Eltern vorbei. Er sah sich kurz in alle Richtungen um und schlüpfte dann unter die weit ausladenden Äste einer großen Trauerweide.

Er drehte sich um, um nach seiner Schwester zu sehen. Genauso wie er trug sie ein schweres Bündel mit getrocknetem Fisch und Getreide. Auf ihren und Devins Rücken waren hölzerne Behälter mit Wasser geschnallt. Falls sie für eine Weile in ihrem Unterschlupf bleiben mussten, hätten sie somit ausreichend zu trinken, bis sie frisches Wasser von einer Quelle holen könnten. Devin belud das Ruderboot und achtete dabei darauf, das Gewicht ihres Gepäcks gleichmäßig zu verteilen.

Sie mussten noch zweimal zum Haus zurück, bis er und Bree alles beisammenhatten, was sie brauchten. Als dann alles bereit war, betrat Bree das Boot und Devin legte ab. Sie nahmen je ein Ruder zur Hand und ließen das Boot durch das Wasser gleiten. Das hatten sie schon jahrelang geübt, zunächst nur aus Spaß, dann, um zu sehen, wie schnell sie flussaufwärts rudern konnten. Devin erfüllte es mit Stolz, wie er und Bree zusammenarbeiteten.

»Wir machen das wirklich gut«, sagte er leise. »Auf diese Weise können wir jedem Feind entkommen.«

Doch dann sah Bree ihn an. Devin bemerkte den Ausdruck in ihrem Gesicht. Brees Augen waren so braun wie das Wild des Waldes, und Devin hatte gelernt, zu erkennen, was seine Schwester fühlte. Sie hatte mehr Angst, als sie zugeben wollte.

Bree war nach dem Mittagessen ungewöhnlich still gewesen.

»Wie sah der Fremde aus?«, fragte Devin sie nun.

»Genauso wie unser guter alter Freund Tully.« Bree spuckte die Worte förmlich aus.

Devin konnte nur ahnen, welch schreckliche Angst Bree empfunden haben musste. Erst beobachtete sie, wie jemand, den sie für einen Freund hielt, fast ertrank. Dann musste sie feststellen, dass sie statt eines Familienmitglieds der Byrnes einem möglichen Feind das Leben gerettet hatte.

Möglichst geräuschlos tauchten sie ihre Ruder ein und kamen gut gegen die Strömung an. Während sie ruderten, prägte sich Devin den Verlauf des Ufers ein und achtete auf jedes Landschaftsmerkmal. Ein auffälliger Felsen hier, eine große Eiche dort. Eine eigenartige Biegung des Flusses oder eine Stelle, an der das Ufer eine kleine Landzunge bildete. Wenn sie nachts diesen Weg über den Fluss nahmen, musste er wissen, wo sie gerade waren. Jeden Augenblick mussten sie bereit sein, sich dort, wo sie sich gerade befanden, am Ufer zu verstecken.

Als sie an drei Kiefern vorbeikamen, die dicht am Ufer standen, erinnerte sich Devin daran, dass er Bree über alles Notwendige informieren musste.

»Das könnte ein guter Ort sein, um das Boot zu verstecken.«

Seine Schwester nickte. »Aber ich hoffe, dass wir das Versteck erreichen können.«

Hier und dort wies Devin sie auf andere wichtige Landschaftsmerkmale hin. »Wenn die Wikinger kommen, dann werden sie ihr Schiff vermutlich weiter flussabwärts zurücklassen. Egal, aus welcher Richtung sie kommen: Das Kloster werden sie in jedem Fall sehen.«

Als Bree erschauderte, wusste er, dass sie dasselbe gedacht hatte.

Während sie ruderten, verschwand die Sonne hinter den Bergen und das Rauschen von fallendem Wasser wurde immer lauter. Ein Stück flussabwärts, vor einem donnernden Wasserfall, erreichten sie das Erkennungszeichen für ihr Versteck: einen eigenartig geformten Felsen. Devin streckte die Arme aus, hielt sich an dem Felsen fest und zog das Boot heran. Zügig band er es an einem Baum am Ufer fest. Zusammen entluden er und Bree das Boot und versteckten all das, was sie nicht gleich beim ersten Mal zum Versteck mitnehmen konnten.

Der Weg zwischen den Felsen hindurch war steil. Sie hatten ihn sich selbst ausgesucht. Seit jeher achteten sie darauf, keine verräterischen Spuren zu hinterlassen. Während sie weitergingen, sah Devin häufig nach oben. Er betrachtete die Bäume genau und versuchte sich vorzustellen, wie diese Bäume nachts aussehen würden, wenn Bree und er hier vorbeikamen.

Einmal sprang ein Hirsch plötzlich hinter einem Busch hervor und erschreckte sie. Kurz darauf fand Devin das Erkennungszeichen, nach dem er Ausschau gehalten hatte, und ging direkt darauf zu. Dort blieb er stehen, sah sich in alle Richtungen um und ging dann im Zickzack zu ihrem Unterschlupf.

Das Versteck war innerhalb einer Gruppe von Kiefern angelegt worden und war in der dichten Vegetation nicht zu erkennen. Dicke Äste hielten eine waagerechte Stange, an der sich weitere Stangen anlehnten, die bis zum Boden reichten. Dort waren sie zwischen den Wurzeln der umliegenden Bäume befestigt und bildeten zusammen ein stabiles, schräges Dach. Es war mit Stroh eingedeckt, um den Regen abzuhalten.

Devin und Bree gingen an die Arbeit und verstauten die Vorräte möglichst platzsparend. Als ihr Vater zum ersten Mal davon gesprochen hatte, einen Unterschlupf zu bauen, war Cara ein Jahr alt gewesen und Jen noch ein Neugeborenes. »Wir werden das Versteck in der Nähe eines Wasserfalls bauen«, hatte ihr Vater gesagt.

Mit seinen vierzehn Jahren verstand Devin jetzt, was der Grund dafür war. Wenn eines der kleinen Mädchen weinen würde, so würde der Wasserfall das Geräusch übertönen. Auch die Entfernung zum Kloster würde Sicherheit geben.

Mittlerweile verfügte das Versteck über einen Boden aus festgetrampelter Erde. Ein Teppich lag bereit, um dort ausgelegt zu werden. Eine Decke, die von oben herabfiel, verdeckte den Eingangsbereich.

Als sie das zweite Mal vom Boot aus losgingen, führte nicht mehr Devin Bree, sondern Bree Devin zum Versteck. Und nach einem weiteren Gang zum Boot und zurück waren schließlich alle Vorräte in dem Unterschlupf verstaut.

»Was auch kommen mag: Wir sind jedenfalls bereit«, sagte Devin in der Absicht, Bree aufzumuntern.

Doch als sie wieder zum Fluss zurückkehrten, bekam er beim Anblick des Bootes ein ungutes Gefühl. »Lass uns einen besseren Ort finden, um das Boot zu verstecken. Sonst könnte es noch jemanden auf uns aufmerksam machen.«

Während er und Bree nach einem besseren Versteck für das Boot suchten, brach allmählich die Dämmerung herein. Nach einiger Zeit entdeckten sie eine kleine Öffnung zwischen zwei großen Felsen. Wenn sie das Ruderboot so festbinden würden, dass es nicht wegtrieb, dann konnte man es von der Mitte des Flusses aus nicht sehen.

Devin fand einen starken Ast, rammte ihn in den Grund des Flusses und zeigte Bree, wie man das Boot daran festbinden musste. »Wenn wir noch Zeit dafür finden, suchen wir noch ein besseres Versteck«, sagte er. »Aber ich denke nicht, dass sie so weit kommen werden.« *Sie*, das war ihre Bezeichnung für die Wikinger geworden.

»Bist du dir sicher?«, fragte Bree. »Wer weiß schon, wie Wikinger vorgehen …«

Devin sagte nichts dazu. Er wollte sich nicht einmal vorstellen, wie schwierig ihr Leben werden könnte. Er wollte nur seinen Bruder und seine drei Schwestern beschützen.

Ich werde sie vor Unheil bewahren, nahm er sich vor und unterdrückte seine Angst. *Irgendwie werde ich das schaffen, auch wenn mein Leben auf dem Spiel steht.*

Da es zwischenzeitlich dunkel geworden war, konnte man die Felsen im Wasser kaum noch erkennen. »Lass uns morgen weitersuchen«, schlug Devin vor.

Sie fuhren flussabwärts. Da sie mit der Strömung fuhren, konnten sie sich treiben lassen. Alles, was sie tun mussten, war, das Boot in der Mitte des Flusses zu halten. In diesem friedlichen Augenblick wurde ihm sehr stark bewusst, wie seltsam es war, was sie gerade taten, und wie schrecklich der Grund für ihr Handeln war.

Bree fröstelte, als wäre ein eisiger Wind aufgekommen.

»Was ist mit dir?«, fragte Devin sie.

Bree setzte an zu sprechen, schwieg dann aber. Devin saß nah genug bei ihr, um ihr Gesicht von der Seite zu sehen.

»Alles in Ordnung?«, fragte er, um sie aufzumuntern.

Bree zuckte mit den Schultern, und Devin war es unangenehm, seine eigenen Gedanken zu offenbaren. Wie auch immer: Er fand es jedenfalls schön, mit seiner Schwester zusammen zu sein.

»Ich dachte daran …«, setzte sie erneut an, hielt dann aber wieder inne.

»Ich verstehe kein Wort.« Devin seufzte laut auf.

Doch Bree ging nicht darauf ein. »Weißt du was, Dev? Du bist echt ein toller Bruder.«

»Findest du?«

»Finde ich«, antwortete Bree. »Ich glaube, ich habe dir das noch nie gesagt.«

»Nein, hast du nicht. Du hast noch nie etwas so Wichtiges gesagt.«

»Nun …« Bree war die Situation unangenehm. »Mir fällt es nicht schwer, Mama zu sagen, dass ich sie liebe. Auch bei Papa ist das kein Problem. Aber bei dir ist das etwas anderes.«

Devin war verlegen. »Und ich käme nie auf den Gedanken, dir so etwas zu sagen.« Aber etwas drängte ihn, eine innere Unruhe, die er nicht erklären konnte. »Nur für den Fall, dass das mal wichtig werden sollte: Solltest du dich je fragen, was ich von dir denke …«

»Ja …?« Bree erstickte fast vor Lachen, so kam es Devin jedenfalls vor. Dann sah sie ihn an. Wieder verriet das Mondlicht sie, er sah wieder Tränen in ihren Augen.

»Du auch«, sagte er leise.

»Ich auch?«, fragte sie.

»Du bist wirklich eine tolle Schwester«, war alles, was er herausbrachte. Dann, wie ein Blitz, überfiel ihn plötzlich ein Gedanke. Er war so furchtbar, dass er ihn sofort wieder verdrängte. Wenn er nicht daran denken würde, würde es vielleicht gar nicht passieren. Aber als Devin versuchte, den Gedanken zu verdrängen, wurde er umso stärker.

Er und Bree waren wie viele Geschwister. Oft stritten sie und ärgerten sich gegenseitig. Wenn es aber ein Problem gab, dem sich die ganze Familie gegenübersah, dann standen sie zusammen und stellten sich dem Problem. Und normalerweise bezwangen sie es. Doch nun fragte Devin sich, was wäre, wenn sie dieses Mal nicht gewinnen würden. Der Gedanke tönte wie ein Warnruf in seinem Kopf.

Solange er zurückdenken konnte, hatte er auf Bree aufgepasst. Doch nun war die Situation anders als bisher. War die Aufgabe nun zu groß für ihn? *Was, wenn die Wikinger gewinnen?*

Vorsichtig tauchte Devin sein Ruder ein, um das Boot zu steuern. Um sie herum hörte er das Geräusch fließenden Wassers. Durch die kleineren Wasserfälle überall im Wald entstand eine ruhige, friedliche Atmosphäre, die ihm vertraut war.

Devin war eigentlich immer der Ansicht gewesen, kein besonders guter Beter zu sein. War dafür nicht schließlich Bruder Cronan da? Aber Devin hatte gelernt, still zu sein, wenn der Mönch sie dazu aufforderte, mit dem Reden aufzuhören und zu beten.

Devin konnte dieses Stillsein immer dann beobachten, wenn sein Vater das, was er gerade tat, unterbrach und für einen Augenblick jemandem zuzuhören schien. Und Devin hatte gelernt, ebenfalls innezuhalten und zuzuhören, wenn er Angst hatte. Jetzt fühlte er tief in sich Worte aufsteigen, die er lieber nicht hören wollte. *Bereite Bree auf die Zeit vor, in der sie allein sein wird.*

Devins Hand griff das Ruder fester. Er versuchte den Gedanken loszuwerden, aber er ließ sich einfach nicht vertreiben.

Plötzlich fuhr eine schreckliche Angst in ihn: *Wenn Bree allein sein wird, soll das dann bedeuten, dass …* Devin weigerte sich, die Frage zu vervollständigen. Stattdessen rief er sich die heutige Unterhaltung am Esstisch in Erinnerung. *Bruder Cronan wusste es, Papa weiß es – und Mama ebenfalls. Herr, warnst du uns manchmal, damit wir bereit sind, wenn etwas Schlimmes passiert?*

In der Umgebung des Flusses waren die leisen Geräusche der Nacht zu hören. Devin konnte den Gedanken, den er ignorieren wollte, nicht länger verdrängen. *Bereite Bree auf die Zeit vor, in der sie allein sein wird.* Dieses Mal betete er: *Herr, wie soll ich das tun?*

Während das Boot flussabwärts trieb, fiel es ihm ein. Vor langer Zeit lebte auf dem benachbarten Bauernhof ein Junge, der älter war als Devin und ziemlich gemein. Mehr als einmal hatten sowohl Devin als auch Bree das spüren müssen. An dem Tag, an dem er acht Jahre alt geworden war, wurde Devin klar, dass er sich diesem Jungen entgegenstellen musste. »Wir brauchen ein geheimes Zeichen«, sagte er zu Bree. »Ein Zeichen, das mir hilft zu gewinnen.«

Bree hatte darüber nachgedacht. »Mutter sagt, dass Jesus uns helfen möchte, wann auch immer wir Angst haben.«

»Und Vater sagt, dass wir mutig sein sollen«, antwortete Devin.

»Was bedeutet das?«, hatte die siebenjährige Bree damals gefragt.

»Mutig zu sein, bedeutet, dass ich das Richtige tue, obwohl ich Angst habe.«

Bree dachte nur einen Augenblick nach. »Alleine bist du nur ein ganz normaler Junge und ich deine ganz normale Schwester. Aber wenn wir Gott bitten, uns zu helfen …«

Bree kreuzte ihre Arme. »Wenn ich so mache, weißt du, dass ich gerade für dich bete.«

Devin grinste. »Das ist gut – unser geheimes Zeichen.«

»Ich bete dann für dich, dass du den Mut hast, zu gewinnen.«

Bald sollte Devin sehen, dass Bree recht gehabt hatte. Als er zu dem gemeinen Jungen des benachbarten Bauernhofes hinüberging, war er sich sicher, dass der Junge ihn jetzt ganz fürchterlich verdreschen würde. Doch dann hatte er Bree und ihr Signal bemerkt. Er hatte sich zu seiner vollen Größe aufgerichtet und daran gedacht, wie sein Vater sprach, wenn er keinen Widerspruch duldete. Genau das hatte Devin dann auch getan. Zu seiner Überraschung war der Junge zurückgewichen und hatte sie in Ruhe gelassen.

Seit diesem Tag gebrauchten Devin und Bree ihr geheimes Signal. Sie machten es sich zur Gewohnheit, immer wenn sie nicht wussten, was sie tun sollten, Gott um Hilfe zu bitten.

Einmal hatte Devin hohes Fieber gehabt. Zwei Tage lang war er so krank gewesen, dass er nicht mehr wusste, wo er war. Eines Morgens hatte er dann aufgeblickt und Bree neben seinem Bett stehen sehen. In ihren Augen war tiefe Sorge gewesen, aber ihre Arme waren zu ihrem geheimen Zeichen gekreuzt. »Mut zum Sieg, Dev«, hatte sie geflüstert und dann zur Decke gezeigt. »Jesus hilft uns immer.« Das nächste Mal, als Devin aufwachte, war sein Fieber verschwunden.

Devin legte das Ruder auf seinen Schoß. Als sich der Mond über die Bäume erhob, zeigte er in den Himmel – genauso, wie sie es als kleine Kinder getan hatten.

»Mut zum Sieg«, sagte er leise.

»Mut zum Sieg, Dev.« Die Erinnerung ließ sie lächeln.

◆ ◆ ◆

Im Licht des anbrechenden Tages fühlte Devin sich besser. *An einem Tag wie diesem kann nichts wirklich*

Schlimmes geschehen, sagte er sich, während er sein Frühstück beendete. Er beobachtete seine Schwestern, und alles schien wie immer zu sein.

An einem Ende des großen, offenen Raums stand Bree vor einem Spiegel aus blank poliertem Metall. Die kleinen Mädchen beobachteten genau, wie sie ihr langes, gewelltes Haar kämmte. Die vierjährige Cara war hierbei besonders eifrig. Sie streckte die Hand aus und berührte den Stoff von Brees hellblauem Kleid. Als Bree in den Spiegel blickte, versuchte Cara, sich selbst dort zu sehen. Und als Bree dann das lange Haar flocht, das ihren Rücken herabfiel, versuchte Cara, das Gleiche zu tun. Doch es gelang ihr nicht, da sie ihre kurzen Locken nicht richtig zu fassen bekam.

Im Gegensatz zu Caras rotem Haar und ihren Sommersprossen hatte Jen das dunkle Haar ihres Vaters geerbt.

»Warum gehst du eigentlich zur Schule?«, fragte Jen Bree jetzt.

»Weil ich gerne Bücher lese und etwas über weit entfernte Länder erfahren möchte«, antwortete Bree ihr.

»Weit entfernte Länder?« Die Dreijährige konnte sich hierunter noch nichts vorstellen.

»Na ja, das sind eben Orte, an denen ich noch nie war«, erklärte Bree. »Orte, an denen ich nicht zu Hause bin.«

»Oh.« Jens Mundöffnung formte sich kreisrund. »Mir gefällt es aber zu Hause.«

»Mir doch auch«, antwortete Bree schnell. Da sie einige Jahre älter als die kleinen Mädchen war, verhielt sie sich oft so, wie wenn sie ihre Mutter wäre.

Devin schaute zu, wie Bree ihren Kamm und einen kleinen Spiegel in der Tasche verstaute, die sie mit sich trug. *Na endlich!*, dachte er. *Endlich ist sie fertig!*

Als Devin und Bree aufbrachen, um in die Schule zu gehen, folgten Adam und die Mädchen ihnen zur Tür hinaus. Als sie den Pfad betraten, der zum Flussufer führte, sah Devin sich auf der Wiese um. Das warme Morgenlicht weckte schöne Erinnerungen daran, wie sie als Familie Heu geerntet hatten.

Wie jedes Mal begleiteten auch heute die kleineren Kinder sie bis zur Steinmauer. Ein Tor hielt sie von dem Fluss fern, der hier durch ihr Land floss.

Auf dem Weg dorthin redete Jen ununterbrochen. »Die Fische freuen sich, im Fluss zu schwimmen, oder?«

Als Devin nickte, leuchteten ihre blauen Augen: »Frösche quaken gern, oder?«

Devin grinste Bree über Jens dunklen Schopf hinweg an. Dann winkten Adam, Cara und Jen, bis Devin und Bree den Waldrand erreicht hatten und im Wald verschwanden.

An diesem Nachmittag kamen die Wikinger.

Bree ging gerade von der Schule nach Hause, als das Echo der Klosterglocke vom Berg an ihr Ohr drang. Sofort erkannte sie das Signal: *Lauft um euer Leben!*

Auf der Flucht

Bree erstarrte. Wie eine riesige Welle brach die Angst um ihre Familie über sie herein. In diesem furchtbaren Augenblick war es für Bree zumindest ein Trost, dass sie gleich zu Hause war.

Überrascht stellte sie fest, dass sich ihre Füße tatsächlich in Bewegung versetzen ließen. Als sie zum Haus rannte, kam Devin gerade von der Scheune herbeigelaufen. Sie trafen sich an der Küchentür. Als Devin hastig die Tür aufriss, legte Bree ihre Hand auf seinen Arm. »Wir dürfen ihnen keine Angst einjagen.«

Devin atmete tief durch und trat ein. Bree folgte ihm. Cara und Jen saßen am Küchentisch und aßen Brot mit Honig. Mama war bereits dabei, Oma in einen kleinen Karren zu helfen, mit dem sie in den Wald gebracht werden sollte.

»Es ist Zeit für das Spiel«, verkündete Mutter den kleinen Mädchen. Ihre ruhige Stimme vermittelte ihre Liebe für ihre Familie. »Auf geht's, ihr Süßen.«

Mit einem zurückhaltenden Lächeln blickte sie zunächst Devin, dann Bree ruhig an. Plötzlich unterbrach sie, was sie gerade tat, eilte zu Bree und umarmte sie. »Der Herr bewahre dich«, sagte sie hastig. »Adam ist draußen.«

Bree schnappte sich ein Handtuch und wickelte darin zwei Brotlaibe ein, sodass sie sie tragen konnte.

Bree nahm Jen bei der Hand und führte sie zur Tür. »Wer als Erster beim Boot ist, hat gewonnen«, rief sie und eröffnete damit das Spiel. Doch dann drehte sie sich um, eilte zurück zu ihrer Mutter und küsste sie auf die Wange. »Ich liebe dich, Mama«, sagte sie. »Ich werde dich immer lieben.«

Die Augen ihrer Mutter füllten sich mit Tränen. »Ich werde dich auch immer lieben, Bree.«

Draußen hatte Devin Adam gefunden, doch der Siebenjährige war gerade bockig.

»Nimm die Mädchen«, rief Bree ihrem älteren Bruder zu. Mit einer Schwester auf jedem Arm machte er sich auf den Weg zum Fluss.

»Adam, komm jetzt!«, forderte Bree. »Du musst gehorchen.«

»Ich will aber nicht. Ich bin müde.«

Bree hielt inne und sah ihn sich genau an. Sie legte eine Hand auf seine Stirn. *Fieber!*

»Aber unser Spiel hat doch gerade angefangen.« Sie streckte ihre Hand aus. »Wenn du dich beeilst, gebe ich dir eine Belohnung, wenn wir beim Boot sind.«

Bree wollte keine Zeit verlieren. Sie zog Adam den Weg entlang und durch das Tor hindurch zum Fluss. Als sie Devin erreicht hatten, saßen die beiden kleinen Mädchen bereits auf dem Boden des Bootes.

Adam bremste wieder, er wollte nicht ins Boot. Bree warf Devin das zusammengeknotete Handtuch mit dem Brot zu und hob Adam hoch. Der war jetzt zornig und trat gegen ihre Schienbeine. Devin packte den Jungen bei den Füßen und Bree setzte ihn im Boot ab. Kurz darauf legte Devin ab.

»Ich will aber nicht weggehen!«, beschwerte sich Adam.

»Ruhig jetzt!«, warnte ihn Bree. »Das Wasser trägt deine Stimme bis sonst wohin.«

»Mir egal!«

»Es gehört zum Spiel dazu, dass man leise ist«, sagte ihm Bree.

»Ich will zu Mama«, beharrte Adam. »Und ich will zu Papa!«

»Bist du jetzt ruhig?!« Hektisch knotete Bree das Handtuch auf, riss ein Stück Brot ab und legte es schnell in Adams Hand.

Das wiederum gefiel den Mädchen nicht. »Er hat doch gar nicht gewonnen!«, maulte Jen und spielte damit auf die Belohnung an, die Bree ihr versprochen hatte.

»Stimmt, du hast recht, Jen.« Bree gab auch den Mädchen Brot, nahm ihr Ruder und tauchte es ins Wasser.

»Aber was ist mein Preis?«, fragte Cara. »Du hast gesagt: ›Wer als Erster beim Boot ist, hat gewonnen‹!«

Bree sah Devin an und verdrehte die Augen. Er legte sein Ruder nieder und griff tief in eine seiner Taschen. Heraus holte er zwei kleine, glatte Steine. Er zwinkerte Bree zu und gab jedem Mädchen einen Stein.

Bree seufzte. Sie holten weit mit ihren Rudern aus und ließen das Boot zügig auf das Wasser hinausgleiten. Als sie das Boot dann gegen den Strom ausrichteten, hörten sie erneut die Glocke des Klosters, das weiter flussabwärts lag. Solange Bree zurückdenken konnte, hatte die Glocke ihre Familie zum Gottesdienst gerufen. Schon seit sie ein kleines Mädchen war, ging sie gern in den Gottesdienst. Doch jetzt erfüllte die Glocke ihr Herz mit Angst. Immer wieder erklang sie, immer auf die gleiche Art und Weise.

Bree und Devin legten sich ins Zeug und ruderten, so schnell sie konnten. Plötzlich brach das Läuten mitten im Warnsignal ab.

Bree drehte sich um und sah Devin an. »Sie sind da«, flüsterte sie.

Sie waren nicht mehr am Meer. Nicht mehr erst in Sichtweite des Turms. Nicht mehr erst auf dem Fluss oder unterwegs im Wald. Die Wikinger waren beim Kloster. Das war keine Einbildung. Das war die Wirklichkeit.

»Lass uns beten«, sagte Devin.

Bree nickte, ohne das Rudern zu unterbrechen. Sie betete intensiver, als sie jemals zuvor in ihrem Leben gebetet hatte. Für den Mönch, der geläutet hatte. Für die Schüler, die aus vielen Ländern kamen. Für die Mönche, die sich rings um das Kloster aufhielten. Und am meisten betete sie für Bruder Cronan.

»Denkst du, dass alle im Turm sind?«, fragte Bree nach einer Weile.

»Der Plan ist, dass sie beim ersten Signal dorthin gehen. Sie sind in Sicherheit.«

Bree konnte sich die Szene vorstellen. Wie die Schüler und Mönche sich beeilten, die Leiter hinaufzukommen, um die Öffnung im Turm zu erreichen, die sich in vier Metern Höhe befand. Und wie die Männer, die die Leiter hinaufzogen, die Tür zuwarfen und mit dem hölzernen Riegel blockierten. Der Turm war der sicherste Ort, an dem sich die Mönche und Schüler aufhalten konnten.

Alle drei kleinen Kinder waren jetzt still. Doch Adams Augenlider waren schwer, sein Gesicht war vom Fieber gerötet. Bree fühlte noch einmal seine Stirn. »Leg dich hin«, flüsterte sie und unterbrach das Rudern so lange, bis sie Adam unten im Boot hingelegt hatte.

Als sie wieder anfing zu rudern, sah Bree eine dichte Rauchwolke, die sich über die Bäume erhob. Sie dachte an die Kirchen. Deren Wände waren *aus Stein*, ebenso das Dach. Sie dachte an die Klosterschule. Sie bestand *aus Holz*. Brees Herz sank ihr bis in die Zehenspitzen. Und was war mit den Häusern innerhalb der Mauern und mit den kleinen Hütten, in denen die Mönche beteten? Die Wände bestanden aus miteinander verflochtenen Ästen und Zweigen sowie aus Ton. Aber was war mit den Dächern? Sie waren *mit Stroh* eingedeckt. Da fiel ihr der Turm wieder ein, und sie war dankbar für diesen sicheren Ort. Die fast einen Meter dicken Mauern gaben ihr ein beruhigendes Gefühl.

Als sie ihren Anlegeplatz erreicht hatten, griff Devin nach dem Felsen und hielt das Boot ruhig, damit Bree an Land springen konnte. »Bring sie in den Unterschlupf«, flüsterte er. »Ich werde das Boot verstecken und dann um den Berg herumgehen, danach werde ich zu euch kommen.«

Als Devin Cara auf ihrem Anlegefelsen absetzte, steckte diese sich den Daumen in den Mund. Das kleine Mädchen machte große Augen. Sie verstand instinktiv, dass das hier kein Spiel war. Als Nächstes kam Jen an die Reihe. Als Cara ihre Hand nahm, begann die Dreijährige zu schluchzen.

»Pssst!«

Aber Jen weinte immer lauter.

Bree nahm Jen schnell in die Arme und drückte sie eng an ihre Brust. Dann begann Bree – mit Jen auf dem Arm und Cara an der Hand – die Flanke des Bergs zu besteigen. Als Adam sich weigerte, nachzukommen, hatte Devin keine andere Wahl. Er machte das Boot fest, hob Adam aus dem Boot und trug ihn.

Der Weg war steil, die Felsen kamen Bree rutschiger vor als je zuvor. Die Bergbesteigung wäre schon schwierig genug gewesen, wenn sie allein gewesen wäre. Aber mit einem Mädchen auf dem Arm und einem anderen an der Hand war es eine große Herausforderung. Einmal wären sie durch loses Geröll fast allesamt in den Fluss gefallen. Ein anderes Mal musste Bree kurz anhalten, um Jen erneut zu beruhigen. Und einmal war sie dermaßen außer Atem, dass sie sich nicht sicher war, ob sie weitergehen konnte.

Mit jedem Schritt bergauf trieb sie sich mehr an. Nach jeder scharfen Biegung sah sie sich um und blickte auf den hinter ihr liegenden abschüssigen Weg. Devin war kräftig und kletterte, so schnell er konnte, aber Adam auf seinen Schultern bremste ihn doch sichtlich.

In dem Wald unterhalb des steilsten Abschnitts des Berges suchte Bree nach den Erkennungszeichen, die Devin ihr gezeigt hatte. Als sie schließlich das Versteck erreicht hatten, stieß Bree die Mädchen hinein und krabbelte hinterher. Devin folgte mit Adam. Vom Wettlauf gegen die Zeit waren Bree und Devin völlig erschöpft. Sie atmeten tief und stoßweise durch.

»Wir sind da.« Bree versuchte fröhlich zu klingen und zwang sich zu lächeln. »So, jetzt spielen wir noch ein anderes Spiel. Wir tun so, als wenn wir hier leben würden.«

»Ich kümmere mich um das Boot«, sagte Devin leise, aber Adam klammerte sich an den Hals seines Bruders.

»Ich will mit dir mitkommen.«

Devin schüttelte den Kopf. »Du bleibst hier bei Bree. Ich bin gleich zurück.«

»Ich will aber nicht bei Bree bleiben«, antwortete Adam.

Als Devin versuchte, sich von Adams Armen zu befreien, klammerte sich der Junge nur noch fester an ihn.

»Ich bleibe bei dir!«

Devins blaue Augen verdunkelten sich voller

Sorge. Er seufzte. Wenn Adam sich etwas in den Kopf gesetzt hatte, dann konnten weder Devin noch Bree daran etwas ändern – jedenfalls nicht ohne eine lautstarke Diskussion. Viel schlimmer war aber, dass ihnen die Zeit zwischen den Fingern zerrann. Jede Sekunde zählte.

»Ich werde gehen.« Bree stand schon fast an der Öffnung des Unterschlupfs, als ihr eines von Devins besonderen Talenten in den Sinn kam. »Erzähl uns eine Geschichte«, bat sie.

Im Dämmerlicht des Verstecks ließ Devin sich nieder und lehnte sich an die Nahrungsvorräte. Adam war noch immer in seinen Armen, und rechts und links von ihm saßen die kleinen Mädchen. Kaum hatte er angefangen, eine improvisierte Geschichte zu erzählen, da waren die Kinder bereits von seiner Erzählung gefesselt.

Das kalte Gefühl der Angst verließ Brees Bauch. Sogar Jen kicherte bei der Geschichte, das von einem Mädchen handelte, das quer durch einen Sumpf tanzte.

Bree schlüpfte aus dem Versteck. Halb gehend, halb rutschend nahm sie ihren Weg den Berg hinunter. Als sie den Fluss erreichte, riss sie das Seil los und bestieg das Boot. Sie war immer noch außer Atem, als sie sich mit Blickrichtung flussabwärts hinsetzte. Mit leisen, regelmäßigen Ruderbewegungen, die von langer Übung zeugten, bewegte sie das Boot flussaufwärts. Mit jeder Bewegung wuchs ihre Sorge über die Zeit, die sie verloren hatte.

Der Rauch über den Bäumen schien näher zu sein als zuvor. Hatte der Wind ihn in ihre Richtung geweht? Oder kamen die Wikinger näher? Hektisch suchte Bree nach dem Ort, den Devin als Versteck für das Boot verwenden wollte. Bree drehte sich ständig um und blickte über ihre Schulter.

Bin ich schon an den Felsen vorbei? In ihrer Aufregung sah sie alles schiefgehen, was schiefgehen konnte. Jede Sekunde war voller Anspannung. Sie durfte jetzt nicht in Panik verfallen und ruderte nach Kräften. Doch irgendwie sah jetzt alles anders aus als am Abend zuvor. Dann verstand sie, warum: *Heute sind die Wikinger da – und mein Bruder Dev nicht.* Als sie schließlich die Öffnung zwischen den Felsen erspähte, bewegte sie das Boot in das Versteck. Sie sprang heraus, griff sich das Seil und band es um den starken Ast, den Devin in den Boden des Flusses gerammt hatte.

Bree war bereits dabei, den steilen Hügel neben dem Fluss hochzusteigen, als sie aus Richtung flussabwärts Stimmen hörte. Sie kamen von dort, wo die Kiefern standen. Wer auch immer dort miteinander redete: Sie waren zu weit entfernt, als dass Bree verstehen konnte, was sie sagten. Doch dann sah sie den Hang hinunter zum Ruderboot. Es wurde zwar noch von dem Seil gehalten, hatte sich aber aus dem Versteck zwischen den Felsen hinaus in die Strömung bewegt.

Bree starrte auf das Boot. *Ich habe es nicht fest genug angebunden!* Das Boot würde sie verraten. Selbst wenn die Männer bisher niemanden hier vermutet hatten, würde sich das jetzt ändern. Aber es blieb Bree nicht genug Zeit, um noch einmal zum Boot zurückzugehen.

Wie ein Kaninchen, das in den sicheren Bau fliehen will, erklomm sie den steilen Hang. Als sie eine Öffnung in den Bäumen erreichte, sah sie nochmals zurück. Devin hatte darauf geachtet, dass sie das Boot auf der gleichen Seite des Flusses versteckten, auf der auch das Versteck lag. Wenn niemand in der Nähe war, wäre es ein Leichtes, sich vom Wasser weg bergauf zu bewegen, kreuz und quer durch den bewaldeten Teil des Berges zu gehen, um dann wieder hinab zum Unterschlupf zu steigen.

Doch im Augenblick hatte Bree nur einen Gedanken: *Ich kann sie nicht zu Dev und den anderen führen.* Stattdessen wandte sie sich in eine andere Richtung. Direkt vor Bree stieg der Berg noch steiler an. Sie begann immer höher zu klettern, bis sie schließlich innehalten musste, um zu verschnaufen. Selbst jetzt noch konnte sie Stimmen vernehmen. Dann gab es ein unterdrücktes Geräusch, das plötzlich abbrach.

Wild entschlossen, den Unbekannten davonzulaufen, beendete Bree ihren Weg bergauf. Stattdessen bewegte sie sich nun auf gleicher Höhe den Berg entlang. Als die Bewaldung allmählich lichter wurde, war ihr einziger Gedanke, einen größeren Abstand zwischen sich und die Verfolger zu bringen. Als sie offenes Gelände erreichte, lief sie den kargen Hang hinunter. Bald würde sie ein Versteck finden und alles wäre gut. Als sie dann den Hang hinunterblickte, fiel ihr auf, was für ein Kleid sie heute Morgen für die Schule angezogen hatte: ein hellblaues.

Bree stöhnte entnervt auf. Sie hatte dieses Kleid immer gemocht, da es wie ein Juwel zu glitzern schien. In der jetzigen Situation war das aber die denkbar ungünstigste Farbe. Sie ließ sich auf den Bauch nieder und wälzte sich mehrere Male auf dem Boden. Doch als sie wieder aufstand, wurde ihr klar, dass der blaue Stoff niemals mit den grauen Felsen und der hellbraunen Erde verschmelzen würde.

In diesem Augenblick bemerkte sie ihren Fehler. In ihrer Panik hatte sie die Deckung der Bäume verlassen. Wenn sie zurückging, würde sie jeden, der ihr folgte, zu dem Unterschlupf führen, in dem sich ihre Geschwister versteckten. Vor ihr befanden sich ein donnernder Wasserfall und Steilhänge, deren Besteigung zu gefährlich war. Aber nicht weit von ihr entfernt, jenseits des offenen, abschüssigen Geländes, befand sich ein großer Felsen. Wenn sie sich hinter ihm verstecken würde …

Bree rannte los. Auf halbem Weg zu dem Felsen blickte sie zurück. Weit unterhalb von ihr kamen zwei Männer zwischen den Bäumen am Ufer des Flusses heraus. Sofort erkannte Bree die Helme und Schilde, die Kniebundhosen mit Lederbändern, die um die Beine gewickelt waren. Es bestand kein Zweifel: *Wikinger!*

Nur keine Aufmerksamkeit erregen, sagte sie sich.

Langsam ließ sich Bree auf den Boden sinken. Flach auf dem Boden liegend blickte sie in Richtung des Flusses. Sie lag bewegungslos wie ein Stein und hoffte, dass die Männer an ihr vorübergehen würden, ohne sie zu bemerken. Sie waren fast schon vorbeigegangen, als einer der beiden sich umdrehte. Er schaute nach oben und deutete auf Bree. Ihr Herz rutschte ihr bis in die Zehenspitzen.

O Vater ..., atmete sie leise. Noch nie in ihrem Leben hatte sie so viel Angst gehabt. *Vater im Himmel, bitte hilf mir!* Doch die beiden Männer machten sich auf den Weg in ihre Richtung. Bree hatte keinen Zweifel daran, dass sie sie gesehen hatten. *Ich kann nicht zurück. Ich kann nicht vorwärts. Was kann ich nur tun?* Dann fiel es ihr ein. Die einzige Richtung, in die sie gehen konnte, war aufwärts.

Sie sprang auf und begann wieder zu klettern. Doch der Weg war steil. Mehr als einmal verlor sie wegen eines rutschigen Felsens fast den Halt. Sie streckte die Hand aus und griff nach einem Büschel Heidekraut. Kleine, lose Steine rollten hinter ihr den Berg hinunter.

Bree hielt inne und verschnaufte kurz. Wenn sie auf diesem breiten Hang hinfallen würde, könnte es sein, dass sie unaufhaltsam den Berg hinabrollte und -rutschte. Bree wollte lieber nicht darüber nachdenken. Stattdessen sah sie den Berg hinauf zum höchsten Punkt hoch. Wenn sie diesen hinter sich gelassen hatte, könnte sie schnell auf der anderen Seite den

Berg hinabsteigen. Und wenn sie das geschafft hatte, wäre sie in Sicherheit.

Die Männer unterhalb von Bree kamen zügig voran. Sie erklommen den steilen Hang, als ob sie den ganzen Tag nichts anderes tun würden. Noch beängstigender war allerdings, dass sie sich während des Kletterns sogar noch unterhielten und lachten. Es bestand kein Zweifel daran, dass sie genau wussten, dass sie Bree in die Enge getrieben hatten.

Vorsichtig einen Fuß vor den anderen setzend, bewegte sie sich aufwärts. Sie zog sich an den kleinen Büschen hoch, die am Berghang wuchsen. Als sie hinter sich einen Ruf hörte, drehte sie sich um.

Die Männer holten auf. Ihr Magen krampfte sich vor Angst zusammen. Sie hielt Ausschau nach dem nächsten Halt für ihre Hände auf ihrem Weg nach oben. Als sie den letzten Busch des Berghangs erreicht hatte, hörte sie ein böses, triumphierendes Lachen.

Zorn stieg in ihr auf. Welches Recht hatten diese unzivilisierten Wikinger, diese Räuber und Piraten, ihr Land zu betreten? Wer hatte ihnen erlaubt, hier Angst und Schrecken zu verbreiten? Und wer hatte ihnen das Recht gegeben, diesen Berg zu besteigen und sie zu verfolgen? Voller Verzweiflung trieb Bree sich weiter an, vorsichtig Schritt für Schritt den Berg zu besteigen.

Doch die Männer holten weiter auf. Bree wurde immer nervöser. Die Männer kamen näher und näher. Von Panik erfüllt vergaß Bree jede Vorsicht.

Plötzlich rutschte sie auf losem Geröll aus. Sie versuchte noch, mit den Armen das Gleichgewicht zu halten, doch es gelang ihr nicht. Sie stürzte mit voller Wucht zu Boden. Einen Augenblick blieb sie so liegen. Dann begann sie langsam abzurutschen. Begleitet von Erde und Geröll rutschte sie den Hang hinunter dem Fluss entgegen.

Drachen in der Nacht

Bree versuchte, sich an irgendetwas festzuhalten. Doch sie wurde immer schneller, wodurch auch mehr Erde und Geröll mitgerissen wurde. Als sie vor lauter aufgewirbeltem Staub nichts mehr sehen konnte, gab sie jede Hoffnung auf, ihren unfreiwilligen Abstieg beenden zu können. Stattdessen beschränkte sie sich darauf, mit den Armen ihren Kopf zu schützen.

So plötzlich, wie sie begonnen hatte, war die wilde Fahrt auch schon zu Ende. Bree war von Staub bedeckt. Auch in ihren Mund und in ihre Nase war Staub geraten. Bree lag einfach da – unfähig, sich zu bewegen. *Meine Beine,* dachte sie. *Was ist denn nur mit meinen Beinen los?*

Jemand packte sie grob am Arm und zog daran.

»Hey, aufhören!«, rief Bree. Mit ihrer freien Hand versuchte sie, den Staub aus ihren Augen zu wischen. Doch das machte alles nur noch schlimmer. Blinzelnd versuchte sie zu sehen. Erst jetzt erkannte sie, dass ihre Beine unter Erde und Geröll begraben waren. Mit ihren Händen schoben die Männer die Erde beiseite. Während Bree sich noch fragte, ob sie sich bewegen konnte, riss einer von ihnen an ihrem Arm und zog sie hoch.

Durch den Sand in ihren Augen betrachtete Bree die beiden Männer. Es waren eigentlich gar keine

Männer, sondern Jungen, ungefähr in ihrem Alter. Als einer der beiden in Richtung des Flusses zeigte, verstand Bree, dass sie wohl weitergehen sollte, ganz den Hang hinunter bis zum Fluss. Und ihr war klar, dass das kein freundlich gemeinter Vorschlag war. Zu Brees Erleichterung taten ihre Beine ihren Dienst. Als sie den Berghang hinabstolperte, schossen ihr alle möglichen Gedanken durch den Kopf, die schließlich in ein Stoßgebet mündeten: *Herr Jesus! Bitte beschütze mich, Herr Jesus!* Immer wieder betete Bree diesen Namen: *Herr Jesus!* Ihre Gedanken kreisten nur um eine Frage: *Wie kann ich entkommen?*

Doch die beiden Jungen gingen dicht hinter ihr. Wenn sie loszurennen versuchte, packte sie einer der Jungen am Arm und drohte ihr mit der Faust. Und wenn sie vorgab, nicht mehr so schnell weitergehen zu können, stieß der andere sie vorwärts. Als sie das Flussufer erreicht hatten, nahm der größere der beiden Jungen ein Seil aus Walrosshaut und band damit ihre Handgelenke zusammen.

Er zeigte flussabwärts und gab ihr damit zu verstehen, dass sie weitergehen sollte. Solange sie zurückdenken konnte, hatte Bree in diesem Wald gespielt. Trotz ihrer Angst wusste sie genau, wo sie war. Als ihre Entführer sie nun so vor sich herstießen, fiel ihr auf, dass sie geradewegs auf den Bauernhof ihrer Familie zugingen. Als ihr das bewusst wurde, nahm das Gefühl der Angst weiter zu. Falls die Wikinger den Bauernhof auf ihrem Weg flussaufwärts irgendwie übersehen hatten, könnten sie ihn nun doch noch entdecken.

Am liebsten wollte Bree sich losreißen und nach Hause rennen, aber sie konnte nicht zulassen, dass ihre Mutter und ihre Großmutter gefunden wurden. Als Bree und die Wikinger sich den Gebäuden allmählich näherten, stieg Panik in ihr hoch. Wie konnte sie nur die Richtung ändern, in die sie gingen?

Sie stolperte, als ob sie das Gleichgewicht verloren hätte, und fiel hin. Mit gefesselten Händen war es allerdings schwierig, wieder aufzustehen. Einer der Jungen packte sie am Arm und zog sie unsanft wieder hoch. Mit Bree an der Spitze brachen sie wieder auf. Doch jetzt wusste sie, was sie zu tun hatte.

Allmählich änderte sie unauffällig die Marschrichtung, sodass sie nicht mehr länger direkt auf den Hof zugingen. Nach einer gefühlten Ewigkeit hatte sie die Jungen an den Gebäuden und dem Versteck ihrer Mutter und Großmutter vorbeigeführt. Ihr erstes Gefühl war Erleichterung. Doch dann wurde ihr nach Weinen zumute. *Werde ich meine Familie je wiedersehen?*

Gestern noch wollte Bree in die weite Welt hinaus. Jetzt wollte sie einfach nur noch nach Hause. Dorthin, wo es sicher war. Dorthin, wo sie ihren Eltern um den Hals fallen und von ihnen in den Arm genommen werden könnte.

Neben Bree und ihren Entführern flossen die beiden Flüsse Avonmore und Avonbeg zusammen, um den Fluss Avoca zu bilden. Die drei folgten nun dem neuen, breiteren Fluss.

Der typisch irische Nebel legte sich über sie. Dann öffneten sich die Schleusen des Himmels und Bree wurde vollständig durchnässt. Doch das war nicht das Schlimmste. Als die Dunkelheit hereinbrach, wurde es ihr auch dunkel ums Herz. In einem Augenblick konnte sie nicht glauben, dass dies alles wirklich geschah, im nächsten Augenblick musste sie erkennen: Es ist wahr!

Wie ein Vogel, der wild mit den Flügeln gegen seinen Käfig flattert, wollte Bree einfach nur frei sein. Nach dem längsten Marsch ihres Lebens erreichten sie und die beiden Jungen, die sie entführt hatten, die anderen Wikinger. Die Piraten des Nordens waren mit ihrem Langschiff ein Stück den Fluss heraufgekommen. Ganz vorne an dem Schiff ragte ein großer Drachenkopf hoch in die Luft. Er war schwärzer als die Nacht, und sein Furcht einflößendes, weit aufgerissenes Maul schien jeden Augenblick Feuer spucken zu wollen.

Beim Anblick des Drachens erschrak Bree bis ins Mark. Ein Blick auf den schrecklichen Kopf genügte, um sie sofort die Flucht ergreifen zu lassen. Doch ihre Entführer hielten sie fest. Kräftig aussehende Männer mit breiten Schultern standen mit dem Rücken zum Schiff am Flussufer. Als einer von ihnen mit den beiden Jungen sprach, schien es Bree, als ob die Männer darauf gewartet hätten, lossegeln zu können.

Die beiden Jungen ließen Bree keine andere

Wahl, als an Bord zu klettern. Dort banden sie ein Seil erst um einen ihrer Knöchel und dann in kurzem Abstand um den anderen, sodass sie kaum Bewegungsfreiheit hatte. Mit einem längeren Seil banden sie Bree dann an der Seite des Schiffs fest. Die Wikinger hatten damit genau festgelegt, wohin sie gehen konnte und wohin nicht.

Schließlich stieß einer der Jungen Bree in die Ansammlung von Menschen, die sich am Ende des Schiffs befanden. Da ihre Hände zusammengebunden waren, konnte Bree einen Sturz nicht verhindern. Sie fiel auf das Deck und blieb dort liegen. Sie war zu erschöpft, um sich zu bewegen.

Obwohl sie es gewohnt war, steile Hänge hinaufzuklettern, schmerzten ihre Muskeln nun von ihrer Flucht den Berghang hinauf. Durch den kilometerlangen Marsch hatte sie Blasen an den Füßen bekommen. Viel schlimmer als ihre körperlichen Leiden war jedoch ihre innere Verfassung. Als sie dort auf dem Deck lag, fühlte sie sich so einsam wie noch nie in ihrem Leben.

Sie und Devin – eigentlich ihre ganze Familie – hatten sich nach Kräften bemüht, die Wikinger auszutricksen. Und trotz aller Anstrengung hatten sie versagt. *Was ist mit dem Rest meiner Familie passiert? Mit Dev und Adam, Cara und Jen? Mit Vater, Mutter und Oma?*

Bree sah sich um. Das Mondlicht fiel auf Menschen jeden Alters. Nur die Alten und ganz Jungen hatte man zurückgelassen. Unter den Menschen

an Deck waren auch Mädchen und Jungen, die in Brees Alter oder jünger waren. Hier und da weinte ein Kind. Andere drängten sich zusammen, um sich warm zu halten. Wieder andere versuchten vergeblich alles Mögliche, um von ihren Fesseln freizukommen.

Den Männern und den größeren Jungen waren die Hände hinter dem Rücken gefesselt worden. Frauen, Mädchen und den kleineren Jungen waren die Hände dagegen vorne zusammengebunden worden. Bree gehörte zu letzterer Gruppe und war froh, dass sie mit ihren Händen noch etwas machen konnte.

Wie Bree waren auch die anderen Iren an der Seite des Schiffs festgebunden, sodass sie nicht über Bord springen und schwimmend in die Freiheit entkommen konnten. Bree war davon überzeugt, dass die Gefangenen Sklaven für ihre Entführer werden sollten. Im besten Fall würde jemand eine große Menge Geld bezahlen, um sie freizukaufen.

Dann spürte Bree, wie das Schiff ablegte. Als es die Mitte des Flusses erreicht hatte, hörte sie das Knarren von Rudern. Mit ihren gefesselten Händen richtete sie sich in eine kniende Position auf, um über die Reling sehen zu können.

Angestrengt blickte sie in die Dunkelheit und suchte nach vertrauten Landschaftsmerkmalen – nach Felsen und Bäumen, die sie kannte wie gute Freunde. Dann schlossen sich die überhängenden Äste hoher Eichen über ihnen wie ein Dach.

Wegen der Dunkelheit konnte sie nun fast nichts mehr erkennen. Dennoch kniete Bree weiterhin auf dem Deck und suchte nach Fluchtmöglichkeiten. Sie spürte zunehmende Angst in ihrem Bauch.

Als sie die Bäume hinter sich gelassen hatten, beleuchtete der Mond den Fluss. Die Männer, die ruderten, saßen auf hölzernen Kisten auf beiden Seiten des Langschiffs. Jedes der langen Ruder führte durch ein Loch in der Seitenwand des Schiffs bis hinunter ins Wasser. Wie ein Mann bewegten sich die Ruderer in gleichmäßigem Tempo vor und zurück, vor und zurück.

Bree erkannte die Stelle, an der sich der Fluss verbreiterte und das Wikingerschiff an den Hütten von Arklow vorbeizog. Als sie ins offene Meer hinausfuhren, spürte sie einen leichten Wind im Gesicht. Die Männer legten ihre Ruder nieder, richteten den Mast in der Mitte des Schiffs auf und hissten ein Segel.

Als der Mond höher stieg, beobachtete Bree, wie der Wind in das riesige Stück Stoff blies. Zwar war es ein schöner Anblick, wie sich das quadratische Segel im Zentrum des Schiffs aufblähte, doch weitaus weniger erfreulich fand Bree den Ort, an den dieses Segel sie bringen würde.

Für sie war völlig klar, was das Ziel ihrer Reise sein würde: eines dieser furchtbaren Länder des Nordens, in denen die Wikinger lebten. Zum ersten Mal empfand Bree keine Begeisterung dafür, die Länder jenseits der Irischen See zu besuchen. Stattdessen wollte sie lieber für immer in den grünen Hügeln Irlands leben.

Bree hielt noch immer Ausschau nach Landschaftsmerkmalen entlang der Meeresküste. Sie erkannte den steinigen Strand in der Nähe der Stadt Wicklow. Bald schon passierten sie die Hütten von Fischern, die ihre Boote auf den Strand hinaufgezogen hatten. Es folgte ein längerer Sandstrand, und viele Kilometer später erreichten sie schließlich eine Landspitze. Es musste eine Klippe sein. Dunkler als der Nachthimmel erhob sie sich hoch über das Meer.

Wenn Dev mich jetzt sehen könnte, dachte sie. *Er würde mich für stur halten. Passend zu dem Namen, den er mir gegeben hat: ein Berg, den man nicht fortbewegen kann.*

Doch Bree wusste es besser. Angsterfüllt fragte sie sich: *Kann ich wirklich so stark wie ein Berg sein?* Sie hielt das für ausgeschlossen. Anders wäre es natürlich, wenn sie Dev wäre und seinen Mut hätte …

Traurig dachte sie an ihr Zuhause und an ihren älteren Bruder, der sie zwar oft neckte, aber trotzdem immer auf sie aufpasste. Es war eines der wenigen Male, an denen sie sich wünschte, Devin könnte sie beschützen.

Soweit das Seil es zuließ, mit dem sie festgebunden waren, hatten sich die kleineren Kinder in Brees Nähe eine Stelle gesucht, an der sie sich niederlassen und zusammenrollen konnten. Manche hatten die Augen geschlossen und schienen fest zu schlafen. Andere weinten leise.

Ist dieses furchtbare Schiff echt? Oder träume ich das nur?, fragte sich Bree. *Wurde ich tatsächlich von Wikingern geraubt? Vielleicht wache ich gleich auf, und alles war nur ein Albtraum …*

Zwischenzeitlich waren Brees Beine und Füße eingeschlafen und kribbelten so, als würden tausend Nadeln darin stecken. Mit ihren gefesselten Händen rieb sie sie kräftig, um die Durchblutung wieder in Gang zu bringen. Doch es reichte nicht. Frustriert versuchte sie, so gut es eben ging, sich aufzurichten. Als sie es zur Hälfte geschafft hatte, fiel sie wie ein Sack Kartoffeln zu Boden. Ihre Augen füllten sich mit Tränen der Wut.

Dann dachte sie zurück. War es wirklich erst gestern gewesen, als sie sich vor Anbruch des Morgens aus dem Haus geschlichen hatte? Hatte sie wirklich auf dem Brockagh Mountain gestanden und sich gewünscht, fremde Länder zu bereisen? Wenn sie zu diesem Zeitpunkt nur gewusst hätte, wie ihre Reise aussehen würde …

Brees Tränen wichen einem nervösen Kichern. Sie versuchte sich vorzustellen, wie sie gerade aussehen musste: Ihr schönes hellblaues Kleid war völlig verdreckt, ihr Gesicht schmutzverschmiert. Ihr rotblondes Haar hatte durch den Schmutz die Farbe gewechselt. Dev fände ihren Anblick sicherlich sehr lustig, selbst in dieser Situation. *Schaut euch die junge Dame an: Ist sie nicht wunderschön?*, würde er sagen.

Dev, ich brauche dich hier! Du hast immer auf mich

aufgepasst – und jetzt, wo ich dich am meisten bräuchte, bist du nicht da.

Wut stieg in ihr auf. Wut über die Wikinger und darüber, dass sie von allem und jedem getrennt wurde, was ihr lieb und teuer war. Wut darüber, wie sie von ihnen behandelt und an ihren Händen und Füßen gefesselt wurde. Wut darüber, dass ihr Leben für immer verändert worden war.

Ihr Zorn entflammte wie ein außer Kontrolle geratenes Feuer. Am liebsten würde sie ihre Wut an allem auslassen, was dafür verantwortlich war: an jedem Seil, an jedem dieser grausamen Wikinger, an jeder Planke dieses Schiffs …

Ich will nach Hause. Ich will bei meiner Familie sein. Ich will in Irland aufwachsen und irgendwann einen Iren heiraten.

Am schlimmsten aber war Brees Angst. Wieder dachte sie darüber nach, was wohl mit ihren Eltern geschehen war. Und mit Oma, Dev, Adam, Cara und Jen.

Furchtbare Angst umklammerte ihr Herz. *Was wird mit mir passieren?* Zum hundertsten Mal fragte sie sich: *Werde ich meine Familie je wiedersehen?*

In der Stille der Nacht vernahm Bree die verschiedensten Geräusche. Manche der Menschen um sie herum lagen wach oder bewegten sich im Schlaf. Irgendwo aus Richtung des Schiffsbugs hörte Bree ein Husten. *Hört sich an wie Dev,* dachte sie. Dann verwarf sie den Gedanken wieder. Sie konnte nur hoffen, dass er in Sicherheit war. Eine Träne nach der anderen rann Brees Wangen hinunter. Jedes Mal, wenn sie sie mit ihren gefesselten Händen wegwischte, wurden es mehr. Sie spürte den überwältigenden Drang, zu schluchzen. Bree versuchte, ihn zu unterdrücken und keinen Laut zu verursachen, sodass die Ruderer auf den nahe gelegenen Seekisten nichts hören würden. Doch es funktionierte nicht. Ihr Schluchzen ließ ihre Schultern zucken.

Plötzlich streckte einer der Wikinger sein Bein aus und trat sie. Bree japste nach Luft. Sein zweiter Tritt war noch schmerzhafter. Bree hielt sich die Hand vor den Mund, um nicht laut zu weinen. Mit glühendem Zorn starrte sie den Mann an. Im nächsten Augenblick hoffte sie, dass er sie nicht sehen konnte. In der Dunkelheit hörte sie sein grausames Lachen. Es konnte kein Zweifel daran bestehen, dass er wusste, wie sie sich fühlte. Das machte alles noch schlimmer.

Bree ballte die Fäuste, bis sich ihre Fingernägel in ihre Handflächen bohrten. Sie holte tief Luft und gab sich dann selbst ein Versprechen: *Von jetzt an werde ich ihnen nicht mehr zeigen, wenn ich wütend oder verletzt bin. Ich werde ihnen überhaupt nicht mehr zeigen, wie ich mich fühle – damit sie nicht den Eindruck bekommen, dass sie gewonnen hätten.*

Als ob er ihre Gedanken gehört hätte, lachte der Mann wieder. Das böse Lachen jagte ihr einen Schauer über den Rücken.

Sie legte sich hin und zwang sich, ruhig zu bleiben. Doch ihre Gedanken eilten voraus und überholten den Wind, der die Segel füllte. *Wie soll ich es nur schaffen, meine Gefühle zu verbergen? Wie kann ich verhindern, dass sie von meiner inneren Wut erfahren? Davon, wie verletzt ich bin und wie sehr ich sie hasse?*

Bree schloss die Augen und dachte an ihr Zuhause. Sie dachte an die Kochkünste ihrer Mutter und an das Gefühl der Nähe, wenn Jen und Cara sie umarmten. Sie dachte an die Lämmer, die auf den grünen Wiesen herumtollten. Sie dachte an die großen Bäume in der Nähe ihres Hauses mit dem Strohdach. Und erneut kamen ihr die Tränen. Sie war nun wieder auf den Knien, bedeckte den Mund mit ihrer Hand und weinte mit dem Gesicht auf dem Schiffsdeck. Dieses Mal kam kein Laut über ihre Lippen.

Schließlich war Bree vom Weinen so erschöpft, dass sie einfach nur ruhig dalag. Der Nachtwind war kalt, ihr Kleid war immer noch nass, und sie hatte nichts, womit sie sich zudecken konnte. Dort in der Dunkelheit, umgeben von Mitgefangenen, die nicht zu sprechen wagten, dachte Bree an Bruder Cronan. Der Mönch schien weit weg zu sein, aber Bree erinnerte sich genau an seine Worte. Als er sie anleitete, die Heilige Schrift auswendig zu lernen, sagte er: »Wenn du in schwierigen Umständen bist, dann erinnere dich an die Verse, die du auswendig gelernt hast. Wiederhole sie in Gedanken.«

Und dann war da noch ihr Vater. War es nicht erst gestern gewesen, als er sie an Gottes besondere Gabe – ihr Wissen um sein Wort – erinnert hatte? »Egal, was du auch durchmachen musst: Wenn du

Gott um Hilfe bittest, wird er dir auch helfen«, hatte er ihr gesagt.

Plötzlich kam Bree genau das in den Sinn, was sie jetzt brauchte: ein Vers aus Psalm 4. Zum ersten Mal dachte sie über den Hirtenjungen nach, der diese Worte geschrieben hatte. Wie es wohl war, nachts auf dem Feld Schafe zu hüten? Und wenn dann wilde Tiere kamen …

Für Bree waren die Wikinger wie wilde Tiere. Der Hirtenjunge David schien sogar noch weiter weg zu sein als Cronan.

Aber Bree kannte Davids Worte: *»In Frieden werde ich sowohl mich niederlegen als auch schlafen; denn du, HERR, allein lässt mich in Sicherheit wohnen«* (Psalm 4,9).

Wohnen, dachte Bree. *An diesem Ort leben …* Sie blickte nach oben, doch Wolken verdeckten den Mond. Über ihr war nichts, was ihr Sicherheit oder Schutz vermittelte. Dort war nur das Segel, das sie immer weiter und weiter von zu Hause wegtrieb. Wieder atmete Bree tief ein.

Du, HERR, allein lässt mich in Sicherheit wohnen. Während sie in Gedanken den Vers wiederholte, übermannte sie allmählich der Schlaf. Dann hörte sie auf einmal ein Weinen ganz in ihrer Nähe.

Bree hob den Kopf und lauschte. Sie stützte die Ellenbogen auf dem Deck ab und bewegte sich in die Richtung, aus der das Weinen kam. Ihre Fußfesseln schmerzten, als sich das Seil, das sie an die Schiffswand fesselte, spannte. Als sie die Reichweite des

Seils so weit wie möglich ausgereizt hatte, schaffte sie es, mit dem Kopf gegen den Fuß eines kleinen Mädchens zu stoßen. Sofort schwieg das Kind. »Jesus ist bei dir«, flüsterte Bree auf Irisch.

In der Dunkelheit spürte sie eine Bewegung – das Kind versuchte, ihr näher zu kommen. Wieder flüsterte Bree: »Auch wenn du ihn nicht sehen kannst: Jesus ist bei dir.«

Das Kind hatte ihr den Rücken zugewandt, aber Bree hörte, wie es hastig einatmete. Es holte unruhig Luft, dann war es still. »Auch wenn es dunkel ist: Jesus kennt dich, und er liebt dich«, sagte Bree.

Das kleine Mädchen stützte sich auf Ellenbogen und Füßen ab und schaffte es, sich Bree zuzuwenden. Zwei kleine Kinderhände, die durch einen Strick zusammengebunden waren, streckten sich ihr entgegen. Bree hatte Mühe, sie mit ihren eigenen gefesselten Händen zu berühren.

Sie legte ihre Hände auf die kalten Fingerchen und flüsterte wieder: »Jesus ist bei dir. Schlaf jetzt.«

Bree fing an, leise zu summen. Sie summte so leise, dass niemand sonst etwas mitbekam. Bald schon merkte sie, wie die kleinen Finger sich entspannten. Sie hörte einen tiefen Seufzer und dann die gleichmäßigen Atemgeräusche des Mädchens. Bree freute sich. *Eigenartig*, dachte sie. *Der Vers hat mir geholfen, ihr zu helfen*. Lange noch lag Bree bewegungslos da und starrte hinauf in die Finsternis. *Denn du, HERR, allein lässt mich in Sicherheit wohnen. Und dieses kleine Mädchen auch.*

Dann schlief Bree ein. Irgendwann in der Nacht spürte sie noch halb im Schlaf, wie das Schiff ans Ufer stieß. Sie öffnete die Augen, hob den Kopf und richtete sich dann ganz auf. Im Mondschein sah sie, wie zwei Männer an Bord kamen. Sie gingen hintereinander und trugen etwas zwischen sich. Was war das? Eine Decke?

Ja, das schien es zu sein: eine Decke, die zwischen zwei lange Stangen gespannt war. Bree hatte schon einmal gesehen, wie jemand auf diese Weise transportiert worden war. Wie nannte man das noch einmal? Eine Trage? Vorsichtig gingen die beiden Männer zwischen den Schlafenden hindurch und kamen ihnen dabei sehr nah. Als sie sich Bree näherten, stolperte einer von ihnen über einen der Gefangenen. Der Mann auf der Trage hob seinen Kopf. Für einen kurzen Augenblick sah Bree seine silbergrauen Haare und seinen langen, vollen Bart. Der Mann ließ sich wieder auf die Trage sinken, er schien sehr schwach zu sein.

Die Männer, die ihn trugen, gingen zum vorderen Bereich des Schiffs. Bald schon hörte Bree wütende Stimmen. Sie waren kaum zu verstehen, Bree konnte nur einige Wortfetzen aufschnappen. Was auch immer nicht stimmte: Es schien von größter Bedeutung zu sein. Dann rutschte das Langschiff wieder ins Wasser. Durch das Geräusch der eintauchenden Ruder konnte sie nicht mehr verstehen, was gesprochen wurde. Bree spürte das Auf und Ab der Wellen.

Als sie fast wieder eingeschlafen war, hörte sie jemanden husten. Wieder kam das Geräusch von der anderen Seite des großen Segels. Und wieder schien es vertraut. Sie stützte sich auf ihre Ellenbogen und versuchte, am Segel vorbei in den vorderen Bereich des Schiffs zu sehen. Doch die Dunkelheit und ihre Mitgefangenen behinderten ihre Sicht.

Seltsamerweise bewirkte das Husten, dass sie ihren Bruder Devin vermisste. Genauso hustete er, wenn er nervös war. Bree, bereits im Halbschlaf, schob den Gedanken beiseite. *Ich habe ein so schlimmes Heimweh, dass ich mir schon Dinge einbilde.*

In geheimer Mission

Am nächsten Morgen galt ihr erster Gedanke ihrer Familie. Regungslos lag sie im Halbdunkel vor der Dämmerung auf dem Deck. *Ich bin hier,* dachte sie. *Aber Dev, Adam, Cara und Jen? Und Oma, Mama und Papa?* Immer wieder versuchte Bree sich einzureden, dass all ihre Lieben zu Hause und in Sicherheit waren. Vielleicht noch im Versteck im Wald, aber zu Hause. Auf guter, irischer Erde eben. Mit freiem Blick auf die Landschaft der Wicklow Mountains, auf die Berge und die grünen Weideflächen, auf denen die Lämmer herumsprangen.

Wie in einer von Devins Geschichten stellte sich Bree vor, wie ihre Familie auf ihren Bauernhof zurückkehrte. Falls das Feuer auf der Feuerstelle bereits heruntergebrannt sein sollte, würden sie es wieder anfachen. Sie würden sich reihum umarmen, sich am Feuer versammeln und sich aufwärmen. Ein Kessel mit Wasser würde aufgesetzt werden. Sie würden am Tisch zusammenkommen und sich gegenseitig ansehen.

Und ich werde nicht dabei sein.

Tief in ihrem Herzen spürte Bree den Schmerz. Sie wollte aufschreien, mit den Fäusten auf das Schiffsdeck trommeln. Sie wollte diesen bösen Wikingern, die sie geraubt hatten, sagen, dass sie sofort umdrehen und alle Gefangenen freilassen sollten: die Erwachsenen und die Heranwachsenden genauso wie die Kinder.

Stattdessen hörte Bree eine vertraute Stimme. Mit geschlossenen Augen lag sie da und versuchte, sie zuzuordnen. Zu wem gehörte sie? Wie konnte sie überhaupt jemanden hier kennen, so weit von zu Hause entfernt? Dann kam die Stimme näher, so als ob die Person sich ganz in ihrer Nähe aufhalten würde. Durch den Nebel der zurückliegenden Ereignisse, trotz ihrer Angst, ihrer Wut und ihrer Einsamkeit dachte Bree zurück an den Morgen ihres Geburtstags. *Den Klang dieser Stimme … den kannte sie doch irgendwoher* … Dann erkannte sie die Stimme.

Immer noch auf der Seite liegend, zog sie ihre gefesselten Hände an sich, stieß sich mit dem Ellenbogen vom Boden ab und wuchtete sich auf die Knie. Vorsichtig richtete sie sich auf. Doch der kurze Strick zwischen ihren Knöcheln hielt ihre Füße zu nah beieinander. Das Seil, das ihre Knöchel mit der Seitenwand des Schiffs verband, erschwerte ihr Vorhaben zusätzlich. Sie stellte ihre Füße so weit auseinander, wie die Fesseln es zuließen, und versuchte, die Bewegungen des Schiffs auszugleichen. Zornig darüber, wie eingeschränkt ihre Bewegungsfreiheit war, wollte Bree am liebsten die nächstbeste Person, die ihr begegnete, anfallen.

Als sie sich aufgerichtet hatte, hörte sie die vertraute Stimme erneut. Sie drehte sich um – und blickte sie in das Gesicht des Jungen, der verschwunden war, nachdem sie sein Leben gerettet hatte!

»Hey, du!«, rief Bree. »Was machst du hier? Wurdest du auch gefangen genommen?«

»Und was machst du hier, wenn ich fragen darf?« Er sprach Nordisch.

Bree streckte die Hände aus und antwortete in der gleichen Sprache: »Diese Männer ... Diese schmutzigen, stinkenden, ungewaschenen Heiden haben mich hierhergebracht. Und was ist mit dir?«

Der Junge richtete sich zu seiner vollen Größe auf. Er hatte sein vom Wind zerzaustes, blondes Haar über die Beule an seiner Stirn gekämmt. Mit seinem muskulösen Körperbau stand er erhaben auf dem leicht schwankenden Schiffsdeck. Mit kalten, blauen Augen blickte er auf sie hinunter.

»Warum ich hier bin? Ich bin der Anführer dieser ›ungewaschenen Heiden‹.«

»Der Anführer?« Tief unten in Brees Magen formte sich ein großer Knoten. »Du bist vierzehn, vielleicht fünfzehn Jahre alt.«

»Vierzehn. Ja, ich bin der Anführer. Ich bin Mikkel, Sohn eines mächtigen Häuptlings.«

Jetzt, an Bord des Schiffes, sprach er seinen Namen anders aus: *Mikkel* statt *Meehaul,* wie er es zuvor auf Irisch versucht hatte. Das machte Bree neugierig.

»Mein Vater überließ mir ein Handelsschiff.« Er stand kerzengerade da, und seine Worte erfüllten ihn sichtlich mit Stolz. »Ich habe Pelze, Seehundfelle und getrockneten Fisch nach Dublin gebracht. Außerdem habe ich gelernt, wie der Handel mit ...«

»Du meinst wohl, du hast gelernt, wie man Raubzüge führt. Wie man plündert und unsere Kirchen in Brand steckt. Wie man stiehlt und wertvolle Manuskripte raubt – ich meine die Heilige Schrift aus den Klöstern. Wie man unsere Häuser zerstört …«

»Genug!«

Bree bemerkte seinen Blick und seinen Gesichtsausdruck. *Kein Wunder, dass sein Vater ihm das Kommando über ein ganzes Schiff zutraut.* Doch Bree ließ sich nicht den Mund verbieten.

»Wer bist du denn, dass du glaubst, du hättest das Recht, unsere Häuser und unser Leben zu zerstören?«

Ohne Vorwarnung hob Mikkel seinen Arm. Bree rechnete mit einem Schlag, daher duckte sie sich außer Reichweite und fiel dabei fast hin. Als wenn er ihre Gedanken hatte lesen können, wich Mikkel zurück. Als er zu ihr sprach, sprach er leise, als ob er nicht wollte, dass seine Männer ihn hören konnten.

»Ich werde dich nicht schlagen«, sagte er. »Aber du musst tun, was ich sage, sonst nimmt es kein gutes Ende mit dir.«

Bree explodierte. »Ich habe dich vor dem Ertrinken gerettet! Und du gemeiner Kerl dankst es mir, indem du mich gefangen nimmst und mich von meiner Heimat und meiner Familie trennst!«

Für einen Augenblick sah sie Besorgnis in Mikkels blauen Augen.

»Nein, nicht ich. Meine Männer waren es. Sie haben dich mitgenommen, ohne zu wissen, wer du bist. Sie wussten nicht, dass du mir geholfen hast, da ich es niemandem gesagt habe.«

»Das glaube ich gern! Welcher große, starke Wikinger – der Schrecken der Meere – will schon gern vor dem Ertrinken gerettet werden? Und dann auch noch von einem dahergelaufenen irischen Mädchen?«

Sie spuckte die Worte förmlich aus, ihr Gesicht glühte vor Zorn. Ihre Worte riefen ein zorniges Blitzen in seinen Augen hervor.

Mikkel sah sie verächtlich an. »Du hättest mich nicht retten können, wenn ich es nicht zugelassen hätte.«

Bree lachte höhnisch. »Wenn du es nicht zugelassen hättest? Weißt du nicht mehr, was passiert ist? Du hast dir den Kopf gestoßen. Ohne mich wärst du ertrunken!«

Wieder sah Bree in Mikkels Augen so etwas wie Schuldbewusstsein. Aber Brees Zorn war nicht mehr zu bändigen. »Ich verlange, dass du mich zurückbringst – oder mich an der Küste Irlands absetzt! Egal wo! Ich werde den Weg zurück dann schon finden. Das schuldest du mir!«

Mikkel blickte über seine Schulter zu einem älteren Mann, der auf einer Seekiste saß. Sein langes Haar und sein Bart waren silbergrau. Seine Nase erinnerte Bree von der Form her an den Schnabel eines Habichts. Die stechenden Augen unter den buschigen schwarzen Augenbrauen beobachteten Mikkel genau. Als Mikkel sich wieder Bree zuwandte, war sein Gesichtsausdruck hart und abweisend.

»Wir sind schon zu weit weg, wir können nicht mehr umkehren. Außerdem bist du von diesem Tag an meine Sklavin. Vergiss nie: Ich bin Mikkel, Sohn eines mächtigen Häuptlings. Du hast meinen Befehlen zu gehorchen.«

Mikkel – da war wieder dieser Name. Warum nur sollte ein Wikinger einen biblischen Namen tragen? Vor allem, wenn es sich bei dem Michael aus der Bibel um einen hochrangigen Engelsfürsten handelte? Aber Bree war zu aufgebracht, als dass sie sich darüber jetzt Gedanken machen konnte.

Ihre Stimme troff förmlich vor Verachtung: »Gehorchen? Jemandem aus einem heidnischen Land?« Mit emporgerecktem Kinn sah sie ihm direkt in die Augen: »Ich gehorche Gott, dem einen und einzig wahren Gott. Und ich gehorche dir nur dann, wenn er mir das sagt.«

»Nun, dann sollte dein Gott das besser tun. Wenn dir an deinem Leben etwas liegt, dann *musst* du mir gehorchen. Wenn nicht, wird das nicht gut für dich ausgehen.« Als Mikkel wegstolzierte, sah selbst sein Rücken wütend aus.

Den ganzen Morgen lang versuchte Bree, die Kinder, die dicht gedrängt um sie herum saßen, zu ermutigen. Die Sonne verschwand immer wieder hinter den Wolken, und manchmal regnete es eine Zeit lang. Währenddessen beobachtete sie Mikkel ununterbrochen. Wie die anderen Wikinger hatte er jetzt Lederbänder um die Waden gewickelt.

Wozu soll das gut sein?, dachte Bree bitter. *Will er*

sein Aussehen verändern, damit er das Land besser ausspähen kann? Mit jeder Sekunde wuchs ihr sehnlichster Wunsch: *Wenn ich doch nur einen Weg finden könnte, um zu fliehen.*

Es dauerte nicht lange, bis Bree wusste, dass der Mann mit dem langen Haar und dem silbergrauen Bart Hauk hieß. Er schien Bree irgendwie vertraut, aber sie wusste nicht, woher sie ihn kennen sollte.

Einmal stellte Mikkel Hauk eine Frage, und Bree hatte den Eindruck, dass er Mikkel das Segeln beibrachte.

Die meiste Zeit stolzierte der eingebildete Junge nur auf dem Schiff herum. Bree hasste die Arroganz, die er ausstrahlte, und die Art und Weise, wie er andere herumkommandierte. Er schien stets davon auszugehen, dass jedermann ihm größten Respekt zollen müsste. Wusste Mikkel denn überhaupt irgendetwas – oder tat er nur so?

Oft blickte Bree auf das große quadratische Segel, das sie von all dem wegtrieb, was ihr lieb und teuer war. Das rot-weiße Segel war an dem Mast in der Mitte des Schiffs befestigt. Es schien aus breiten Streifen Wollstoff gemacht zu sein. Ihr Vater hatte ihr einmal erklärt, dass die Männer aus dem Norden Schafe hätten, deren äußeres Fell aus langen, geraden Haaren bestehe. Daraus könne man dann einen sehr stabilen Faden spinnen. Im ungewaschenen Zustand enthielt die Wolle ein Fett, das wasserabweisend war.

Seile hielten die unteren Enden des riesigen

Segels. Der Wind blies von hinten in das Segel, sodass es sich auf seine volle Fläche ausdehnte. Es trennte dann die vordere Hälfte des Schiffs von der hinteren Hälfte.

So musste Bree wenigstens nicht diesen abscheulichen Drachen sehen. Selbst jetzt noch lief es ihr kalt den Rücken hinunter, wenn sie an ihre erste Begegnung mit dem grimmig dreinblickenden Drachenkopf dachte. Wenn es das Ziel der Wikinger gewesen war, ihr Angst einzuflößen, hatten sie Erfolg gehabt.

Tagsüber hielt sich das Langschiff der Wikinger fern von der Küste, jedoch noch innerhalb der Sichtweite der Hügel und Klippen. Als die Sonne durch den Nebel drang, wusste Bree aufgrund ihrer Position und dem Land zu ihrer Linken, dass sie an der Ostküste Irlands nach Norden fuhren.

Mit jeder Stunde, die verging, machte sie sich mehr Sorgen um die kleineren Kinder um sie herum. Die meisten von ihnen hatten zarte, empfindliche Haut, die sich durch Wind und Sonne allmählich rötlich färbte. Als Mikkel an ihr vorbeiging, rief Bree ihn zu sich. »Binde meine Hände und Füße los«, verlangte sie. »Ich muss mich um die Kinder kümmern.«

Der Wind hatte Mikkels blondes Haar völlig zerzaust. Er trug jetzt einen schmiedeeisernen Halsreif, an dem kleine Hämmer befestigt waren, die wie Talismane aussahen. Sein Gesicht hatte immer noch diesen abweisenden, verärgerten Ausdruck, doch zu Brees Überraschung zog er ein Messer aus der Scheide an seinem Gürtel. Mit einem schnellen Schnitt durchtrennte er die Seile. Als sie zu Boden fielen, rieb sich Bree die Handgelenke und Fußknöchel. *Freiheit!*, dachte sie und sah verstohlen zum Rand des Schiffs. *Ich frage mich, wie weit ich schwimmen kann …*

Ihre Erleichterung musste ihr anzusehen gewesen sein. Jedenfalls warnte Mikkel sie: »Ich lasse dich keine Sekunde aus den Augen. Wenn du auch nur die geringsten Anstalten machst, über Bord zu springen, werde ich dich wieder fesseln.«

Bree wandte sich von ihm ab und versuchte ihn zu ignorieren. Bald stellte sie fest, dass die Freiheit von den Fesseln besser war als nichts. Sie nutzte die vorhandenen Mittel, so gut es ging: Mithilfe von Stoff, den sie zwischen Fässer spannte, versuchte sie, die Kinder vor Wind, Sonne und Regen zu schützen.

Bree ging von einem Gefangenen zum nächsten und gab jedem von ihnen Wasser. Wann immer sich die Gelegenheit ergab, sprach sie den Kindern Mut zu. »Halte Ausschau nach einer Fluchtmöglichkeit«, sagte sie einem. »Arbeitet zusammen«, sagte sie zwei anderen. »Vielleicht könnt ihr dann eure Fesseln lösen.«

Aber Mikkel blieb ganz in ihrer Nähe und tauchte immer genau dann auf, wenn sie am wenigsten mit ihm rechnete. Als Brees Blick auf einen irischen Jungen im Alter von etwa zehn Jahren fiel, vergaß sie alles andere.

Einen Augenblick lang sah sie auf ihn herunter und fragte sich, was ihre Aufmerksamkeit erregt hatte. Der Junge hatte sandfarbenes Haar und braune Augen. Viele kleine Sommersprossen verzierten seine Nase. Warum schien er jemand zu sein, den sie kannte?

Dann wusste Bree, warum. Der Junge sah fast so aus wie Keely, ihre jüngere Schwester, die vor Jahren von Wikingern verschleppt worden war. Bree hatte Mühe, sich loszureißen. Sie ging zu einem mit Wasser gefüllten Fass, nahm eine Schöpfkelle voll und ging zu dem Jungen zurück. Er trank gierig und sah dann zu Bree auf. »Danke«, sagte er.

Als sich ihre Blicke trafen, fragte Bree sanft: »Wie ist dein Name?«

»Jeremy«, flüsterte er.

»Verlier nicht den Mut!«, ermunterte sie ihn.

Zu ihrer Überraschung lächelte der Junge. »Du auch nicht!«, flüsterte er. »Du bist wirklich ein wunderschönes Mädchen.«

Bree starrte ihn an. »Nur weil ich dir Wasser gebe? Das ist doch Quatsch …«

»Nein, wieso? Du musst nur den Schmutz von deiner Nase wischen …«

Sofort rieb sich Bree die Nasenspitze.

»Nicht da. Hier!« Er hob seine gefesselten Hände und berührte seitlich seine Nase. Als Bree dasselbe tat, bewegte er seine Hände zu seinem Kinn. »Jetzt hier.«

Bree machte es ihm nach und rubbelte ihr Kinn.

»Und hier.« Jeremy berührte die Mitte seiner Stirn.

Als sie die entsprechende Stelle bei sich gefunden hatte, rieb Bree dort ihre Stirn.

»Fester!«, sagte er. Bree rieb immer weiter im Kreis, bis sie das Gefühl hatte, dass ihre Haut bald durchgescheuert sein müsste. Plötzlich zwinkerte Jeremy.

Wieder starrte Bree ihn an. Dann hatte sie den Scherz erkannt. In dem Augenblick, in dem sie lachen musste, fühlte sie sich besser als in all den zurückliegenden Stunden ihrer Gefangenschaft. Der Junge hatte sie hereingelegt, sei's drum. Als auch er lachen musste, sah sie, wie sehr er seinen Scherz genoss. Als Jeremy dann seine Position veränderte, um es sich bequemer zu machen, fiel Brees Blick auf seine Füße. Wie bei allen anderen Gefangenen auch waren seine Knöchel mit Seilen aus Walrosshaut zusammengebunden. Doch das Ende eines dieser Seile stand ein Stück heraus, sodass sie auf eine Idee kam: Wenn sie seine Knöchel befreien könnte, dann wäre er damit auch das Seil los, mit dem er an dem Schiff festgebunden war.

Bree sah sich unauffällig um, fast ohne dabei den Kopf zu bewegen. Mikkel war im Augenblick woanders auf dem Schiff unterwegs. Bree war froh: Wenn sie schon nichts für ihre Schwester Keely tun konnte, dann konnte sie wenigstens ihr Bestes geben, um Jeremy zu retten. Sie kniete sich so hin, dass ihr Körper den Wikingern die Sicht auf den Jungen nahm.

Sie fasste dem Jungen an die Stirn. »Meine Güte, du glühst ja!« Gleichzeitig bearbeitete sie mit ihrer anderen Hand das Seil. Wieder sah sie sich um. Hauk beobachtete sie jetzt. Bree wandte sich an Jeremy und sagte so laut, dass Hauk es verstehen musste: »Deine Stirn fühlt sich viel zu heiß an. Du brauchst mehr Wasser.« Sie stand auf, ging zu dem Wasserbehälter und schöpfte eine weitere Kelle.

Wieder kniete sie sich vor Jeremy hin. Vorsichtig platzierte sie die Kelle zwischen seine gefesselten Hände. Als er trank, machte sie sich an dem Seil zwischen seinen Knöcheln zu schaffen. Als sie es schließlich gelöst hatte, lächelte sie.

»Wenn wir an Land gehen, dann tu so, als ob du immer noch gefesselt wärst«, flüsterte sie Jeremy zu. »Bei der nächstbesten Gelegenheit kannst du dann deine Fesseln abstreifen und so schnell wie möglich verschwinden. Such dir eine irische Familie und bitte sie um Hilfe.« Der Junge nickte, und Bree wusste, dass er verstanden hatte.

Während sie sich gegenseitig ansahen, erkannte sie Mut in seinen Augen. Als er wegsah, musste sie an den Streich denken, den er ihr gespielt hatte. Sie lächelte. Sie zog den kleinen Spiegel heraus, den sie in einer Tasche an ihrer Taille trug, und hielt ihn vor sich. Als sie ihr Gesicht begutachtete, musste sie wieder lachen. Wenn man bedachte, was sie alles durchgemacht hatte, dann sah sie dafür erstaunlich sauber aus!

Am späten Nachmittag gaben die Wikinger Fladenbrot und Käse aus. Das Fladenbrot war ohne

Hefe gebacken, und es war so lange gebacken, bis es hart und knusprig geworden war. Weil es getrocknet war, hielt es sich – in einer luftdichten Kiste aufbewahrt – lange, über Monate hinweg. Als Bree das Fladenbrot an die Gefangenen verteilte, ließ Jeremy etwas davon in seiner Kleidung verschwinden. Bree grinste ihn an, und Jeremy lächelte. Er musste natürlich vorsorgen, nur für den Fall …

Als die Sonne weiter sank, änderte das Langschiff seinen Kurs auf westliche Richtung. Bree war sich sicher, dass die Wikinger nun die Nordspitze Irlands umfahren wollten. Nachdem sie ein Kliff namens *Fair Head* umrundet hatten, sah sie zur Rechten eine große Insel. Die Wikinger nannten sie *Rathlin*.

Als Bree ihnen zuhörte, bekam sie den Namen mit. *Rathlin Island* – davon hatte sie vor langer Zeit einmal im Schulunterricht gehört. *Im Jahr 795 wurde dort die erste irische Kirche von Wikingern überfallen.*

Ohne Vorwarnung schossen Bree Tränen in die Augen. Doch genauso schnell verwandelte sich ihre Trauer in Wut. Sie betrachtete die Küste genau und prägte sich besondere Landschaftsmerkmale ein. Falls es ihr gelingen sollte, zu entkommen, dann musste sie wissen, wie sie nach Hause kam. Und dass ihr eine Flucht gelingen würde, stand für sie außer Frage.

Die Wikinger umschifften weiträumig eine große Bucht, an deren Ufer Hütten standen. Nachdem sie steile Kliffe und Felseninseln hinter sich gelassen hatten, erreichten sie eine Bucht mit einem ausgedehnten Sandstrand. Als das Schiff Kurs auf die Küste nahm, wurde Bree aufgeregt. Hier war immer noch heimatlicher Boden, vielleicht würde sie es hier schaffen, auszureißen. Als sie der Küste näher kamen, folgte sie mit den Augen der Küstenlinie.

Auf der rechten Seite der Bucht ragten steil abfallende Kalksteinfelsen senkrecht aus dem Wasser. Vor Bree und links von ihr war das Ufer immer noch steil, flachte aber mit zunehmender Höhe allmählich ab. Schafe weideten auf dem mit rotbraunen Büschen bewachsenen Hang. Was wie ein S-förmiger Fluss aussah, war in Wirklichkeit Meerwasser, das bei hohem Wellengang über den Strand spülte und sich dort sammelte.

Bree blickte zu Jeremy. Sein Nicken war kaum erkennbar, doch sie hatte es bemerkt.

In diesem Augenblick kam Mikkel zurück. Die Seile, welche die Gefangenen mit dem Schiff verbanden, wurden durch die Besatzung nun zum ersten Mal gelöst. Doch gleichzeitig fesselte Mikkel persönlich Brees Hände. Mit einem weiteren Seil band er ihre Knöchel zusammen. Er sah immer noch gereizt aus und band komplizierte Knoten, die Bree wohl niemals aufbekommen würde.

Als das Schiff sich der Küste näherte, bellte ein Hund. Schafe auf dem Hang liefen auseinander, und ein Junge rannte los. Doch Bree atmete tief durch, sie war voller Hoffnung. Obwohl sie diesen Teil Irlands noch nie gesehen hatte, wusste sie, dass sie zu Hause war.

Im Westen stand die Sonne schon tief, als das Schiff etwa in der Mitte der Bucht auf dem Strand aufsetzte. Wie Ameisen, die fluchtartig ihren Bau verlassen, verteilten die Wikinger sich über den Strand und erklommen den ansteigenden Hang. Manche trugen Fässer und Eimer, offenbar sollten sie frisches Wasser herbeischaffen. Andere trugen Seile und Waffen. Mikkel begleitete sie mit großen Schritten den Hang hinauf.

Die größten und kräftigsten Männer der Besatzung blieben zur Bewachung der Gefangenen zurück. Ein muskelbepackter Wikinger legte Planken am Schiff an und wies die Gefangenen mit einer Geste an, auf diesem Weg das Schiff zu verlassen.

Obwohl die Gefangenen nicht mehr länger an dem Schiff festgebunden waren, blieben sie an ihren Handgelenken und ihren Fußknöcheln gefesselt – mit dem kurzen Seil zwischen den Beinen, das keine großen Schritte erlaubte. Als Bree in der Schlange stand, um das Schiff zu verlassen, stellte sie sich auf die Zehenspitzen, um über die Menschen vor ihr hinwegzusehen. Sie sehnte sich so sehr danach, einen Freund oder Nachbarn zu erblicken, der bis dahin von dem Segel verdeckt gewesen war. Andererseits wünschte sie sich, dass unter den Gefangenen besser niemand war, den sie kannte.

Die Gefangenen im vorderen Bereich des Schiffs gingen als Erste von Bord. Obwohl ihre Hände hinter ihrem Rücken zusammengebunden waren, knieten sich zwei Iren hin, beugten sich hinunter und versuchten, einem Jungen aufzuhelfen, der hinter einer der Seekisten lag. Sein Oberkörper war komplett von einem Seil umwickelt, seine Arme lagen seitlich an seinem Körper an. Als er versuchte zu gehen, stolperte er und fiel fast hin. Wieder bemühte sich einer der Iren, ihm Halt zu geben.

Mehrere Menschen standen noch vor Bree. Von ihrem Platz in der Reihe aus starrte sie den Jungen an. Das Haar auf seinem Hinterkopf sah genauso aus wie bei Devin. Aber so ungeschickt hatte sie ihren Bruder noch nie erlebt. Der Junge hatte auch Devins Größe und Körperbau. Nachdem sie aber bereits Mikkel für Tully gehalten hatte, traute sie ihren Augen nicht mehr so recht. Wer war dieser Gefangene? Warum hatten die Wikinger besondere Maßnahmen getroffen, um ihn an einer Flucht zu hindern?

Als der Junge die Planken erreicht hatte, stolperte er wieder. Als er das Schiff verließ, konnte Bree einen Blick auf seine Schultern und Arme erhaschen. Es musste Devin sein!

In dem Augenblick, in dem Bree den Strand betrat, bewegte sie sich in seine Richtung. Doch der muskelbepackte Wikinger hielt sie auf: »Bleib, wo du bist«, warnte er sie.

Der Junge mit den schwarzen Haaren blickte nicht in ihre Richtung. Obwohl seine Arme nah an seinen Körper gefesselt waren, dehnte er seine Hände. Dann bewegte er sich auf und ab, um seine Füße und Fußgelenke zu trainieren.

Brees Herz machte einen Sprung. Unzählige Male hatte sie Devin dabei beobachtet, wie er sich auf diese Weise auf ein Wettrennen vorbereitete. Als ein anderer Wikinger Bree zur Ordnung rief, ging sie langsam weiter. Aus dem Augenwinkel beobachtete sie eine Bewegung – jemand stieg aus den Fesseln an seinen Knöcheln. Jeremy eilte zu einem nahe gelegenen Busch.

Bree blieb wie angewurzelt stehen. Da sie die Aufmerksamkeit nicht auf Jeremy lenken wollte, drehte sie ihren Kopf sehr langsam und nur so weit wie nötig. In diesem Augenblick schlüpfte Jeremy hinter einen Busch und kauerte sich auf den Boden. Kurz darauf bemerkte Bree eine minimale Bewegung in einem anderen Busch weiter oben am Hang.

Da ein einziger Blick zu Jeremy ihn verraten konnte, drehte Bree sich um. Als sie davon ausgehen musste, dass er jetzt in Sicherheit war, drängte sie sich wieder in Richtung des Jungen, den sie für ihren Bruder hielt. Als der Junge sich plötzlich umdrehte, schnappte sie nach Luft. Gerade noch rechtzeitig konnte sie sich zusammenreißen, um nicht seinen Namen zu rufen. *Dev, du bist es wirklich!*

Von allen Menschen war er es, den sie hier am *liebsten* sehen wollte.

Und von allen Menschen war er es, den sie hier am liebsten *nicht* sehen wollte.

Mitleid?

In diesem Augenblick sah Devin Bree an. Für einen kurzen Moment sah er tieftraurig aus. Daran erkannte Bree, dass er sie gerade zum ersten Mal wiedergesehen hatte. Doch Devin gewann sofort die Fassung zurück und grinste sie so an, wie wenn er sie gerade in der Schule sehen würde. Bree versuchte nach Kräften zurückzulächeln, doch es gelang ihr nicht. Sie wusste, dass ihr Bruder sie aufmuntern wollte. Devin behielt sowohl ihre Bewacher als auch Bree im Blick, als er sich auf den Weg zu ihr machte. Auch sie bewegte sich so langsam, dass vermutlich niemand Verdacht schöpfen würde.

Als sie sich endlich gegenüberstanden, wollte Bree ihrem Bruder am liebsten um den Hals fallen. Stattdessen liefen Tränen ihre Wangen hinunter.

»Oh Dev!«, schluchzte Bree. »Seit sie mich gefangen genommen haben …« Sie hielt inne, unfähig weiterzusprechen.

Das Seil um Devins Brust hielt seine Arme an Ort und Stelle, doch schaffte er es, die Hand zu heben. Er streckte sie aus und berührte Brees Hand.

Bree holte tief Luft und versuchte es noch einmal: »Einen ganzen Tag lang habe ich versucht zu glauben, dass du, Adam, Cara und Jen in Sicherheit seid. Wo sind sie? Wurden sie auch gefangen?«

Plötzlich sah sie wieder den Schmerz in Devins

tiefblauen Augen. »Ich verließ den Unterschlupf und habe nach dir gesucht.«

»Und was passierte dann?«

»Ich sah Gruppen von Männern, die sich in Richtung flussabwärts auf den Weg machten. Daher dachte ich, dass ich mich jetzt nicht mehr versteckt halten müsste. Als ich mich dann auf die Suche nach dir machte, tauchten plötzlich zwei Wikinger hinter den Bäumen auf. Und bevor ich wusste, was los war, hatten sie mich.«

»Was ist mit Cara und Jen?« Bree musste daran denken, wie verängstigt die beiden wären, wenn Devin nicht zurückkommen würde.

»Für den Fall, dass ich nicht zurückkommen würde, habe ich ihnen gesagt, dass sie in dem Versteck bleiben sollten, bis Papa zu ihnen kommt. Ich habe Adam zum Bestimmer ernannt.«

Trotz all der Dinge, die passiert waren, lächelte Bree. Ihr jüngster Bruder konnte eine wahre Qual sein. Er war unausstehlich, wenn ihm etwas nicht passte, aber unbeirrbar, wenn er sich etwas in den Kopf gesetzt hatte.

»Er wird dafür sorgen, dass sie dort bleiben«, sagte Bree.

»Um ganz sicherzugehen, habe ich ihm in Aussicht gestellt, dass er ein irischer Stammesfürst werden könnte, wenn er diese Aufgabe – also: die Verantwortung für zwei kleine Mädchen zu übernehmen – bewältigt.«

Bree kicherte. So etwas hätte sie dem Siebenjährigen nie zugetraut. »Inzwischen wird Papa sie gefunden haben.«

»Das denke ich auch.«

Devin ließ die Schultern fallen, als ob eine Last von ihnen abfallen würde. »Und was ist mit dir?«

»Ich habe das Boot versteckt, so wie geplant. Aber ich habe es nicht fest genug angebunden, sodass es in die Strömung geriet. Als ich Stimmen hörte, wusste ich, dass ich nicht mehr zurückkonnte. Mir war klar, dass ich sie zu euch führen würde, wenn ich zurück zum Versteck gehen würde. Als ich dann in die entgegengesetzte Richtung geflüchtet bin, haben sie mich geschnappt.«

Als Bree sich an diesen Augenblick der Angst erinnerte, fing sie an zu zittern. Wieder hob Devin eine Hand und schaffte es, eine ihrer Hände zu berühren.

»Jemand, den du kennst?«, unterbrach Mikkel jäh die traute Zweisamkeit.

Bree hatte nicht bemerkt, dass er zurückgekommen war. Sie wollte nichts sagen und wandte sich ab. Doch Mikkel kam näher: »Wer ist das?«

Als Bree keine Antwort gab, starrte Mikkel Devin zornig an.

»Wie ist dein Name?«

Völlig unbeeindruckt starrte Devin zurück, so als ob er kein einziges Wort Nordisch verstehen würde.

»Ich sagte: ›Wie – ist – dein – Name?‹« Mikkel sprach betont langsam.

Devin stand regungslos da. Sein schwarzes Haar schien noch dunkler als sonst zu sein, seine Augen strahlten in einem noch tieferen Blau. Zu Brees Überraschung verbarg ihr Bruder seine Wut.

Als Mikkel noch immer keine Antwort bekam, zeigte er auf Devins Brust und wiederholte seine Frage: »Dein Name?«

Devin richtete sich gerade auf. Als sich sein Kinn hob, blickte Mikkel von Devin zu Bree und wieder zurück zu Devin, so als ob er die Familienähnlichkeit bemerkt hätte. Mikkel streckte die Hand aus und tippte an Brees Kinn. Sie wich zurück und sah ihn zornig an. Doch Mikkel lachte.

»Ihr seid Geschwister, euer Kinn verrät euch. Einer so stur wie der andere. Stur wie Bergziegen, die ihre Köpfe gegen Felsen rammen.«

Bree fühlte, wie sie vor Verlegenheit rot wurde. Alles, was Mikkel tat, machte sie wütend.

»Ihr seid beide Kämpfer.« Mikkel wies mit dem Kopf in Richtung Devin. »Er hat so wild um sich getreten, dass wir ihn wie ein wildes Tier fesseln mussten.«

Ach deswegen! Kein Wunder, dass ich Devin nicht finden konnte, dachte Bree. *Man hat ihn einfach auf das Deck geworfen, vermutlich hinter eine der Seekisten. Da musste er dann die ganze Nacht und den ganzen Tag liegen.*

Von all den Dingen, die Mikkel getan hatte, machte Bree am meisten wütend, wie er Devin behandelt hatte. Sie hasste Mikkel so sehr, wie man einen Menschen nur hassen kann. Er war die Ursache all ihrer Probleme, die Quelle ihres Leids.

Plötzlich wurde Bree klar, dass Devs Zukunft in ihren Händen lag. Trotz der Fesseln um seine Brust und um seine Arme bewegte er sich auf und ab, um seine Füße und Fußgelenke zu trainieren. So, wie sie ihren Bruder kannte, würde er jede Chance zur Flucht nutzen – egal, wie gering sie wäre. Beim Einatmen betete Bree in Gedanken um Weisheit. Dann sagte sie: »Lass meinen Bruder frei!«

Mikkel schüttelte den Kopf. »Er ist in einem Alter, in dem er viel arbeiten kann. Er wäre ein wertvoller Sklave, auch wenn er dein Bruder ist.« Mikkel benutzte seine Worte wie einen Dorn, der tiefe und schmerzhafte Wunden verursachen sollte.

Bree sah sich unauffällig um. Keiner der Wikinger war in der Nähe. Keiner von ihnen konnte hören, was sie sagte. Zur Sicherheit sprach sie trotzdem leise: »Es ist genug, dass meine Eltern ein Kind verlieren. Lass meinen Bruder gehen! Oder ich werde deinen Männern erzählen, dass ich, ein dahergelaufenes Mädchen, dich vor dem sicheren Tod bewahrt habe.«

Mikkel sah sie wütend an. »Und damit willst du mir bis zu meinem Lebensende drohen?«

Bree hob den Kopf und sah ihm direkt in die Augen: »Da kannst du dir aber sicher sein.«

Seine Augen funkelten vor Zorn, und doch blieb sein Gesicht eine steinerne Maske. Er baute sich vor ihr auf: »Ich bin Mikkel, Sohn von Sigurd, dem mächtigen Häuptling des Aurlandsfjords!« Er starrte Bree verärgert an. »Und du willst mich herausfordern?«

Regungslos hielt sie seinem Blick stand. Tief in ihrem Inneren weigerte sie sich, jetzt einzuknicken. Stattdessen war sie froh darüber, dass Devin jetzt Mikkels Namen und seine genaue Herkunft kannte.

»Ihr wilden und schrecklichen Wikinger!«, sagte Bree mit fester Stimme. »Ihr versetzt ganze Landstriche in Furcht und Schrecken. Ich glaube nicht, dass ein einzelner Akt der Barmherzigkeit und des Mitleids euren Ruf ruinieren würde.«

»Mitleid?« In dem regungslosen Gesicht von Mikkel sahen nur die Augen fragend aus.

»Ja! Stell dir vor, wie deine Mutter und dein Vater sich in einer solchen Situation fühlen würden. Interessiert es sie nicht, was mit dir geschieht?«

Ein Schatten huschte über Mikkels Gesicht. In diesem Augenblick verrieten ihn seine Augen. Er wandte den Blick zuerst ab. So, als wenn er nicht anders könnte, blickte er über die Bucht hinaus zum offenen Meer. Bree sah ihre Chance und ergriff sie. »Wie viele Gräber habt ihr auf eurem Familienfriedhof?«

Mikkels Schultern zuckten kurz, als ob sie ihn geschlagen hätte. Als er Bree wieder ansah, wusste sie, dass ihre Worte ihn im Innersten getroffen hatten. Für einen Augenblick war er ein kleiner, verletzter Junge. Dann – ganz der Krieger, der er war – wurde sein Gesicht wieder hart und gefühllos. Mit einer schnellen Bewegung zog er sein Messer aus der Scheide. Mit einem Schnitt durchtrennte er das Seil um Devins Schultern und Arme. Mit einem zweiten Schnitt durchtrennte er das Seil zwischen Devins Knöcheln.

»Geh!«, sagte Mikkel mit tiefer und eindringlicher Stimme. »Verschwinde, solange du noch kannst! Finde den Weg nach Hause!«

Ohne Mikkel anzusehen, schüttelte Devin den Kopf. Er blickte Bree an und flüsterte: »Du gehst anstelle von mir.«

Aber Mikkel hörte es. »Meine Mutter braucht eine Sklavin. Deine Schwester bleibt.«

»Nun mach schon!«, drängte Bree Devin. Wenn er noch länger warten würde, könnte Mikkel noch seine Meinung ändern.

Doch Devin bewegte sich keinen Millimeter. »Ich werde dich nicht hierlassen!«

»Du musst aber!«, antwortete Bree. »Bitte geh!«

Mikkel sah abwechselnd zu Bree und Devin. Als sich seine und Devins Blicke trafen, wurde Mikkel deutlicher: »Das hast nicht du zu entscheiden. Geh!«

Devins Augen waren voller Schmerz, als er sich wieder Bree zuwandte.

»Ich will dich nicht verlassen.«

»Willst du, dass Mama und Papa gleich zwei ihrer Kinder auf einmal verlieren?«, fragte Bree ihn. »Du hast Mikkel gehört. Die Entscheidung liegt nicht bei dir.«

Mit dem Messer in der Hand trat Mikkel von einem Fuß auf den anderen. Er war sichtlich ungeduldig und wollte verdeutlichen, wer hier das Sagen hatte.

»Entweder du gehst jetzt auf der Stelle, oder du bleibst hier!«, befahl er.

Devin verweilte noch einen Augenblick. Er musterte Bree mit starrem Blick, ganz so, als wollte er sich noch einmal ihr Gesicht einprägen. »Der Herr ist mit dir«, sagte er sanft.

»Und mit dir auch, Dev.« Ein Schluchzen stieg in ihr auf, doch sie schaffte es, den Kloß in ihrem Hals herunterzuschlucken. Sie wollte nicht zeigen, wie ihr zumute war.

»Mut zum Sieg«, flüsterte er. »Jesus ist dein Retter, dein König.«

»Mut zum Sieg, Dev.« Bree lächelte so fröhlich sie konnte.

Doch ihr Bruder kannte sie zu gut. »Der Herr wird auf dich achtgeben«, versprach er.

Bree nickte. »Auf dich auch.«

Für einen kurzen Augenblick verschränkte Devin die Arme vor der Brust – ihr geheimes Zeichen. Bree nickte kaum erkennbar. Sie hatte verstanden.

Du wirst für mich beten, dachte sie. *Du wirst versuchen, mich zu befreien. Und du wirst nichts unversucht lassen.* Aber tief in ihrem Innern wusste sie, dass selbst die größten Anstrengungen ihres Bruders wahrscheinlich nicht ausreichen würden.

Devin blickte zu Hauk hinüber. Er hatte ihnen den Rücken zugekehrt und redete mit einem der Männer, sodass man nur seine graue Haarmähne sehen konnte.

Wie Ameisen, die in einer Reihe hintereinander hermarschieren, brachten die Wikinger Wasser und Schafe auf das Schiff. Die Fläche, auf der sich die Gefangenen zuvor angstvoll zusammengedrängt hatten, wurde nun als Vorratslager benutzt.

Devin drückte Bree kurz und küsste sie flüchtig auf die Wange. Sofort danach sah er zu, dass er aus Mikkels Einflussbereich verschwand.

Devins erster Schritt war noch sehr unbeholfen. Beim nächsten Schritt stolperte er, so als ob seine Füße noch nicht bereit wären zu gehen, nachdem sie eine Zeit lang gefesselt waren. Dann schien er allmählich sein Gleichgewicht wiederzufinden, und seine Schritte über den Strand wurden größer. Nach kurzer Zeit erreichte er die Büsche, die bis hinunter zum Sand wuchsen. Geräuschlos verschwand er zwischen ihnen. Wie eine Bergziege, die immer höher den Berg hinaufsprang, gewann er schnell an Höhe.

Bree beobachtete jede Bewegung ihres Bruders, auf dem alle ihre Hoffnungen ruhten. Bald würde er verschwunden sein. In der Nähe eines großen Felsens drehte Devin sich um und war vom Schiff aus nun gut zu erkennen. Als er Bree ansah, trafen sich ihre Blicke, und sie sahen sich lange in die Augen. Schließlich hob Devin seinen Arm und zeigte Richtung Himmel. Bree verstand die Botschaft und fühlte sich geborgen und getröstet.

Ein kurzer Blick in Richtung Mikkel bestätigte ihr, dass er gerade zum Schiff schaute und nicht zu ihr. Mit ihren gefesselten Händen, die Handflächen

aneinandergelegt, machte Bree ebenfalls ein Zeichen. Sie streckte die Arme so weit nach oben, wie sie konnte, und zeigte so ebenfalls in Richtung Himmel.

Genau in diesem Augenblick drehte Mikkel sich um. Bree war sofort klar: Mikkel hatte erkannt, dass sie und Devin ein Zeichen ausgetauscht hatten.

»Was hat dein Bruder dir mitgeteilt?«, fragte Mikkel.

Bree antwortete nicht.

»Was war es?«, wollte Mikkel wissen, der jetzt wieder sichtlich wütend war.

Bree wandte den Blick nicht von ihrem Bruder ab, als sie sanft antwortete: »Die Botschaft war: Jesus ist Retter, Herr und König.«

»Er ist nicht König über dich«, entgegnete Mikkel barsch. »Genauso wenig wie über mich.«

Im nächsten Augenblick verschwand Devin hinter dem Felsen. Doch Bree wusste genau, dass er sich nicht allzu weit entfernen würde. Stattdessen würde er sich irgendwo außer Sichtweite in den Büschen verstecken und auf eine Gelegenheit warten, sie doch noch zu retten.

Doch Mikkel musste Brees Gedanken erraten haben. Er wandte sich seinen Männern zu und befahl: »Verladet den Rest der Trinkwasservorräte zügig, wir brechen sofort wieder auf.«

Reise ins Unbekannte

Als Devin weiter den steilen Hang hinaufeilte, konnte er nur an eines denken: *Ich muss weiter weg sein, als ein Wikinger seinen Speer werfen kann.* Er lief im Zickzack zwischen den Büschen und achtete stets auf Deckung. Er war dankbar für jede Sekunde, die er in Sicherheit war. Er konnte nur hoffen, dass niemand seine Abwesenheit bemerken würde.

Hauk bereitete ihm dabei am meisten Kopfzerbrechen. Denn Hauk war derjenige, der Mikkels Entscheidung rückgängig machen konnte. Er könnte einfach sagen: »Kein Mitleid, Mikkel.«

Der abgehärtete alte Mann hatte Devin betrachtet und gesehen, dass er groß gewachsen und kräftig von der Arbeit auf dem Feld war. Devin ging davon aus, dass Hauk ihn für einen guten Arbeiter hielt. Und er war sich sicher, dass Hauk die besten Sklaven für sich selbst reservieren würde.

Devin versuchte, stets in der Deckung der rotbraunen Büsche auf dem Hang zu bleiben. Als er sich gerade darüber freute, dass er nun wenigstens halbwegs in Sicherheit war, wurde er vom Schmerz überwältigt. Wie konnte er Bree nur allein zurücklassen? Schon sein ganzes Leben lang hatte er auf seine Schwester achtgegeben und dafür gesorgt, dass ihr nichts geschah. Sie war immer schon der beste Freund gewesen, den er hatte.

»Geh!«, hatte Bree gesagt. »Willst du, dass Mama und Papa gleich zwei ihrer Kinder auf einmal verlieren?«

Ihre Worte loderten wie ein Waldbrand in seinem Innersten. Obwohl Devin wusste, dass Bree recht hatte, sträubte sich alles in ihm dagegen, dass er sie allein ließ. *Wenn es dunkel ist, schleiche ich den Hang hinunter,* nahm er sich vor. *Irgendwie wird Bree über den Rand des Schiffs klettern, und irgendwie werde ich sie von dort fortschaffen, ohne dass es jemand bemerkt. Wir werden zusammen fliehen.*

Als er das nächste Gebüsch erreichte, drehte Devin sich um. Von dort aus konnte er sehen, wie sich seine Pläne in Luft auflösten. Mikkel stand neben Bree und blickte den Hang hinauf. Eine weitere Flucht würde Mikkel zu verhindern wissen. Von hier oben, wo Devin stand, sah seine Schwester klein und verloren aus. Als er sie so sah, füllten sich seine Augen mit Tränen. Schnell versteckte er sich hinter einem Busch und legte sich flach auf den Boden. Als sich die Farbe des Meers allmählich von blau zu schwarz wandelte, sah er – gut versteckt – zwischen den Zweigen hindurch.

Die Männer waren geschäftig wie Ameisen und trugen ein Fass Wasser nach dem anderen in das Langschiff. Obwohl Bree auf das Meer und die Hügel zu blicken schien, schaute sie verdächtig oft in seine Richtung. Einmal ruhte ihr Blick lange genug auf ihm, sodass er sicher wusste, dass sie sein Versteck ausgemacht hatte. Als die Wikinger gestohlene

Schafe an Bord brachten, geriet Devin zunehmend in Panik. In seiner Verzweiflung zog er es sogar in Erwägung, den Hang hinunterzurennen, Bree aus dem Schiff zu holen und sie anzuweisen, so schnell zu rennen, wie sie konnte. Doch bei jedem neuen Plan, den er sich ausdachte, fielen ihm die Worte seiner Schwester ein: »Willst du, dass Mama und Papa gleich zwei ihrer Kinder auf einmal verlieren?«

Mit lautem Geblöke protestierten die Schafe gegen ihre unsanfte Behandlung. Wenn eines von ihnen nicht mehr weitergehen wollte, trug einer der Wikinger es kurzerhand zum Schiff und warf es dort ab. Die Männer beeilten sich jetzt. Selbst von seinem relativ weit entfernten Beobachtungspunkt aus konnte Devin den Unterschied zum Normalbetrieb erkennen.

Immer noch in der Hoffnung, dass ein Wunder geschehen könnte, beobachtete er jede von Mikkels Bewegungen. Als entschlossener Anführer wich er nicht von Brees Seite. Als die mit Wasser gefüllten Fässer und die blökenden Schafe in einem Bereich des Schiffs verstaut waren, trieben die Wikinger ihre Gefangenen zurück an Bord. Dieses Mal wurde Bree in den vorderen Teil des Schiffs gepfercht.

Mikkel selbst band das Seil, das Bree wieder mit der Seitenwand des Schiffs verband. Eine Flucht durch einen Sprung ins Wasser schied damit wohl aus. Keine Chance auf Freiheit.

Mikkel ging zügig auf dem Schiff umher, als ob er sicherstellen wollte, dass alles Notwendige auch

erledigt würde. Als die Sonne hinter die hohen Klippen sank, drückten die Wikinger gegen den Bug des Schiffs. Als es sich vom Strand löste, sprangen sie an Bord.

Devin unterdrückte nur mit Mühe ein Stöhnen. Er ließ keinen Laut über seine Lippen kommen, als er die Ruderer dabei beobachtete, wie sie das Schiff ins tiefere Wasser manövrierten. Als die Wikinger das große Segel setzten, schienen die roten Streifen wie ein Zeichen des Triumphs der grausamen Männer zu sein. Als die untergehende Sonne rotes Licht auf das Wasser warf, kletterte Devin weiter den steilen Hang empor. Von der flachen Ebene ganz oben aus beobachtete er, wie das Schiff sich langsam entfernte. Es wurde immer kleiner, bis der schwarze Punkt schließlich am Horizont verschwand.

Kurz bevor das Schiff, das seine Schwester aus ihrer Familie gerissen hatte, nicht mehr zu sehen war, hob Devin seinen Arm so hoch, wie er nur konnte. Er zeigte Richtung Himmel und rief hinaus in die Welt: »Jesus Christus ist König! Ihr Heiden werdet nicht den Sieg davontragen!« Dann sank er zu Boden. Aus seinem tiefsten Inneren stieg ein Schluchzen auf und ließ seinen Körper beben. Er drückte sein Gesicht in die Erde und schluchzte, bis der Boden um ihn herum feucht war.

◆ ◆ ◆

Mitten in der Nacht wachte Devin mit Kopfschmerzen auf, die er sonst nur sehr selten hatte. Im ersten

Augenblick wusste er nicht, wo er war. Weit unterhalb seines Verstecks schlugen Wellen sanft an die Meeresküste. Das Geräusch verwirrte ihn. Er war mit dem Rauschen kleiner und großer Wasserfälle in den Wäldern in der Nähe seines Zuhauses aufgewachsen. *Wo bin ich?*, fragte er sich und versuchte, wach zu werden.

Er lag still in der Dunkelheit und lauschte. Dann erinnerte er sich: Bei Sonnenuntergang war er in der Abenddämmerung der flachen Ebene bis zu einer Landspitze gefolgt, die unmittelbar am Meer lag. Damit erschöpften sich seine Erinnerungen aber auch schon. Er hatte keine Ahnung, wo er sich gerade befand. Die lange Nacht und den ganzen Tag, als er auf dem Deck des Langschiffs lag, hatte er kein Land gesehen. Jetzt hörte er den rhythmischen Wellenschlag des Meeres gegen die Küste. Doch das friedliche Geräusch wurde jäh von einem Gefühl des Schmerzes überlagert: *Bree! Der Familie entrissen – vielleicht für immer!*

Um seine schrecklichen Gedanken loszuwerden, setzte er sich aufrecht hin und spähte in die Nacht. Doch aus Angst, ein Geräusch zu verursachen oder die Klippen hinunterzufallen, wartete er lieber auf die ersten Sonnenstrahlen. Obwohl er kaum geschlafen hatte und sich nur mit Mühe konzentrieren konnte, spürte er eine Warnung in seinem Innern. *Was ist, wenn jemand nach mir sucht?*

Ohne einen Freund oder jemanden, der ihn beschützte, fühlte er sich hilflos und allein. Vielleicht würde seine panische Angst mit Tagesanbruch verschwinden. Vielleicht würde sich alles, was geschehen war, nur als Albtraum herausstellen. Und doch: Wie sehr er sich auch wünschte, dass sein Kummer sich in Luft auflösen würde: Er wurde, im Gegenteil, sogar noch schlimmer.

Als die ersten Sonnenstrahlen den Himmel im Osten erhellten, kroch Devin unter dem Gebüsch hervor, in dem er sich in der Nacht versteckt hatte. Er hoffte immer noch, dass das Wikingerschiff vielleicht noch einmal zurückgekommen wäre, und blickte hinunter in die Bucht. Doch auf dem Sandstrand war weit und breit kein Schiff zu sehen. Und egal wie intensiv Devin die Irische See auch absuchte: Das Schiff war weg. Auf dem Meer war nichts zu sehen außer der sich kräuselnden Wasseroberfläche – so weit das Auge reichte. Nichts außer Felsen, Inseln und dem sich rosa färbenden Himmel im Osten. Nichts außer dem zunehmenden Licht der aufgehenden Sonne.

Heute hatte die Sonne keinerlei aufheiternde Wirkung auf ihn. Im Gegenteil: Sie weckte seine schmerzvollen Erinnerungen. Wenn er doch Adam zur Vernunft gebracht hätte. Wenn er, Devin, es doch gewesen wäre, der das Ruderboot hätte verstecken sollen. In seinem Trübsinn sehnte sich Devin danach, nur noch ein weiteres Mal seine Schwester Bree zu sehen. Als könnte er das Wikingerschiff damit zurückholen, drängte alles in ihm zum Meer. Er stellte sich vor, wie das Segel immer größer wurde und die Wikinger zurückkamen. Doch die Minuten vergingen – und kein Segel tauchte am Horizont auf.

Wenn ich mich doch mehr angestrengt hätte, dann wären wir jetzt alle in Sicherheit. Wenn sie doch mich mitgenommen hätten statt Bree. Wenn doch nur …

Als die Sonne langsam höher stieg, wartete Devin immer noch. Er starrte weiterhin auf das Wasser Richtung Norden. Doch das Meer gab ihm keinen Grund zur Freude.

Sie kommen nicht wieder. Bei diesem Gedanken erfüllte ihn Hoffnungslosigkeit. *Das Langschiff wird nicht zurückkommen.*

»Nein!« Devin sprang auf und drohte dem Meer mit der Faust. »Nein!«, rief er. »Das darf nicht sein!«

Doch das Tosen der Wellen, die gegen das Ufer schlugen, war lauter als seine Stimme. Wut erfüllte ihn – eine Wut, die alles übertraf, was er jemals empfunden hatte. Selbst als damals seine Schwester Keely entführt worden war, war er nicht so aufgebracht wie jetzt. Damals hatte er nicht verstanden, was es hieß, jemanden nie mehr wiederzusehen. Doch jetzt verstand er es. Schmerz schoss durch seine Brust.

Werde ich Bree jemals wiedersehen?

Schließlich musste Devin einsehen, dass sein Warten wohl keinen Zweck hatte. Sosehr er sich auch wünschte, dass Bree zurückkommen würde: Er selbst konnte nicht dafür sorgen, dass dieser Wunsch erfüllt wurde. In seiner Trauer und seiner Wut stellte er sich vor, wie seine Familie zu Hause um den Tisch versammelt war und aß. Zweifellos würden seine Eltern davon ausgehen, dass auch er für immer verloren war.

Ich muss mich auf den Weg nach Hause machen.

In der vergangenen Nacht hatte Devin keinen Gedanken daran verschwendet, wie hungrig und durstig er eigentlich war. Er hatte nicht daran gedacht, wie kalt es hier draußen sein würde ohne Decke oder Mantel. Er musste an Bree denken und an das dünne Kleid, das sie trug. Auf dem offenen Schiff war sie der Witterung schutzlos ausgeliefert. Wie hatte sie die Nacht verbracht? Hatte sie irgendwelchen Schutz gegen den Wind und die Kälte?

Doch jetzt konnte Devin seinen leeren Magen und seine trockene Kehle nicht länger ignorieren. Er versuchte zunächst, Ordnung in das Durcheinander seiner Gedanken zu bringen.

Wasser. Im Meer war zwar genug davon, doch wegen des Salzgehalts konnte man es nicht trinken. Er brauchte also Süßwasser.

Nahrung. Als er versucht hatte zu fliehen, hatten die Wikinger ein Seil um seine Arme und seine Brust gewickelt und seine Beine gefesselt. Mehr als einmal waren irische Gefangene zu ihm gekrochen, hatten Devins Kopf angehoben und versucht, ihm Nahrung und Wasser zu geben. Und jedes Mal hatten die Wikinger sie weggestoßen. Das hatte Devin nur noch wütender gemacht.

Aber da gab es noch etwas, was wichtiger war als sein Hass auf die Männer, die ihn entführt hatten.

Was war es noch …? Trotz seiner Verwirrung fiel es ihm schließlich wieder ein.

Da er auf dem Deck in der Nähe des Bugs gelegen hatte, war es ihm nicht möglich gewesen, die Route nachzuvollziehen, die das Schiff gesegelt war. Wie viele Tage würde es wohl dauern, bis nach Hause zu wandern? Ganz oben von der Steilküste aus blickte Devin über die Bucht, in der die Wikinger an Land gekommen waren. Irgendwo dort in der Nähe hatten sie eine Quelle gefunden. Und da sie zudem noch Schafe gestohlen hatten, musste es auch einen Ort geben, an dem die Schafe untergebracht waren.

Die Morgensonne erhellte den Berghang, doch zwischen den rotbraunen Büschen lagen immer noch Schatten. Als er diese Schatten betrachtete, blieb er plötzlich stehen. Etwas in ihm hinderte ihn am Weitergehen. Zuerst vermutete er, dass er durch den Mangel an Nahrung und Wasser einfach nur schwach war. Dann erinnerte er sich. Schon einmal hatte er so ein ungutes Gefühl gehabt. Aber was sollte denn der harmlose Hang vor ihm für Gefahren bergen?

Als Devin sich den Kopf zerbrach, erinnerte er sich daran, wie Mikkel die Bucht verlassen hatte. Sobald er entschieden hatte, dass sie nicht länger dort bleiben würden, hatte er die Männer zur Eile angetrieben. Wenn nun aber einer der Wikinger nicht rechtzeitig zum Schiff zurückgekommen war, könnte es ja sein, dass er sich in den Büschen versteckte, die sich vor Devin befanden. Man konnte sich denken, dass dieser Wikinger sicherlich nicht die allerbeste Laune hatte …

Devin legte sich auf den Bauch und kroch wieder unter einen Busch. Von dort aus beobachtete er die Umgebung und achtete auf verdächtige Geräusche. Mindestens eine Viertelstunde war vergangen, bevor er sah, wie sich ein Zweig bewegte. Es war unten am Hang, ein Stück oberhalb des Sandstrands. Der Zweig gehörte zu einem Busch, der groß genug war, dass sich ein Mensch darin verstecken konnte. Könnte die Bewegung auf eine leichte Brise zurückzuführen sein, die den Zweig in Bewegung versetzt hatte und zum Zittern brachte?

Devin hielt das für unwahrscheinlich. Er wusste zwar nicht, wer es sein könnte, er wusste aber, dass er gegen einen Mann, der älter und schwerer war als er, keine Chance hatte.

Dann sah er es – da war etwas Rotes, irgendetwas aus rotem Stoff, in den rotbraunen Büschen zu erkennen.

Devin blieb auf dem Bauch liegen und robbte aus dem Busch, in dem er sich versteckt hielt. Als er oben auf dem Kliff angekommen war, konnte man ihn von den Büschen weiter unten aus nicht mehr sehen. Darum stand Devin dort schließlich auf und ging los.

Als er sich einen Weg entlang des Meeres suchte, stellte sich Devin eine neue Frage: Wie weit war er von den Wicklow Mountains weg? Er wusste lediglich, dass Wikingerschiffe schnell waren. Die Männer, die zu Hause um das Feuer saßen und erzählten, berichteten, dass Drachenschiffe fast acht Knoten pro Stunde schafften, wenn der Wind richtig stand. In Mikkels Langschiff waren sie den Großteil der Nacht und fast den ganzen folgenden Tag gesegelt. Das bedeutete, dass er sich irgendwo an der Nordküste Irlands befinden musste. Aber wo genau? Er dachte nach, doch er kam zu keinem Ergebnis. Devin folgte einem schmalen Pfad entlang der Küste und versuchte dabei, sich auf eine bestimmte Marschgeschwindigkeit festzulegen. Doch oft war er etwas wackelig auf den Beinen, sein Gang war unregelmäßig. Einmal stolperte er und konnte sich gerade noch fangen, um nicht hinzufallen.

»Pass auf.« Er redete jetzt laut mit sich selbst, obwohl er noch nicht herausgefunden hatte, was mit ihm nicht stimmte. Wieder dachte Devin an die Iren, die versucht hatten, ihm Nahrung und Wasser zu bringen. Doch jetzt verschwammen ihre Gesichter, und Devin fühlte sich beim Gehen wie in einem Traum. Er setzte sich auf einen Felsen und starrte auf das Meer. *Wasser,* sagte ihm sein Verstand. *Ich brauche Wasser.*

Er stand auf und hielt Ausschau nach einem Weg hinunter zum Meer. Aber der Weg zwischen den Felsen war steil, und seine Knie versagten bereits teilweise den Dienst. Plötzlich hatte er wieder das Gefühl, als befände er sich in Gefahr. Doch diesmal schien die Warnung von so weit weg zu kommen, dass er ihr keine weitere Beachtung schenkte.

Als er gerade über den nächsten Felsen klettern

wollte, hielt er inne. Seine Füße wollten ihm nicht mehr richtig gehorchen. Vage begriff er, dass er von den Felsen hinunter ins Meer stürzen konnte. Aber da war noch etwas – nur was?

Er schob sich die Haare aus dem Gesicht, die ihm die Sicht verdeckten, und versuchte sich zu konzentrieren. Irgendwas war mit Meerwasser ... Er kam aber einfach nicht drauf. In der Hoffnung, dass es ihm wieder einfallen würde, setzte er sich wieder hin und wartete. Aber es fiel ihm nicht ein. Als er das nächste Mal aufstand, schwankte er, und als er losging, fühlten sich seine Füße schwer und seltsam an. Er zwang sich, auf dem Weg zu bleiben und weiterzugehen, weil er das Gefühl hatte, dass er das tun müsste.

Aber alles schien unwirklich zu sein außer den Felsen, um die er herumgehen musste. Außerdem hatte er das Gefühl, dass alles um ihn herum seltsam gleich aussah. Einmal blieb er stehen und versuchte herauszufinden, in welche Richtung er gehen musste. Doch selbst anhand der Sonne konnte er sich nicht orientieren. Und was sehr seltsam war: Seine Füße schienen nun auf sechseckigen Steinen zu stehen.

Als Devin zu frösteln begann, wusste er, dass der Wind sich gedreht hatte und jetzt vom offenen Meer her wehte. Doch der Wind trug einen noch größeren Schrecken heran: das Geräusch von Schritten hinter ihm.

Devin fuhr herum und blickte zurück. Doch da war niemand. Er ging weiter und beruhigte sich damit, dass er sich wohl nur etwas eingebildet hatte. Doch kurz darauf hörte er die Schritte wieder. Sein einziger Gedanke war die Flucht. Er lief los. Doch seine Füße taten nicht mehr das, was sie sollten, sodass er stolperte und der Länge nach hinfiel.

Herz aus Stein

Als sich das Langschiff von Devin und der irischen Landspitze entfernte, spürte Bree, wie der Wind zunahm. Vor ihnen lag die Insel Rathlin. Die untergehende Sonne warf rotes Licht auf das weiße Gestein am Ufer. Bree hatte sich immer auf diese Zeit des Tages gefreut, wenn ihre Familie sich um die Wärme des Feuers versammelt hatte. Doch jetzt fielen die Sonnenstrahlen auf den Drachenkopf am Bug des Schiffs. Wie eine riesige Schlange ragte der Drache vor ihr in die Höhe – düster und Furcht einflößend. Im Auf und Ab der Wellen ging der Drache Bree voraus, ganz so, als ob er sie in das Land der Wikinger führen wollte.

Von ihrem Platz in der Nähe des Bugs aus versuchte Bree, den schrecklichen Kopf zu ignorieren. Bisher hatte sie sich immer an ihren Bruder, ihren Vater oder ihre Mutter gewandt, wenn sie Angst hatte. Doch das war jetzt nicht mehr möglich. Stattdessen fragte sie sich, ob sie ihre Familie jemals wiedersehen würde.

Während sie auf den Drachen starrte, begann Bree zu beten, doch in Gedanken ließ sie ihrem Frust freien Lauf. *Ich dachte, du wärst ein guter Gott. Haben Mama und Papa mir das nicht so erklärt? Wenn du wirklich gut bist, warum lässt du dann zu, dass mir das hier passiert?*

Bree ballte die Fäuste. Monate- und jahrelang hatte ihre Familie für Bewahrung vor den Männern aus dem Norden gebetet. Sie fragte sich nun: *Hat Gott meine Gebete nicht gehört? Wenn ich ihm wirklich etwas bedeuten würde, dann hätte er mich vor diesem Schicksal bewahren können.*

Bree war jetzt so wütend, dass sie selbst den Versuch zu beten aufgab. Sie öffnete die Augen. Der Drache schien sich über sie zu amüsieren. Bree lief es kalt den Rücken hinunter. *Mut,* dachte sie. *Dev wünschte mir Mut zum Sieg. Und Papa hat gesagt, dass ich diesen Mut habe. Aber ich habe ihn nicht, Gott … Ich habe ihn einfach nicht.*

Dann, aus ihrem tiefsten Inneren, hörte Bree so etwas wie eine leise Botschaft: *»Du schaust auf das Falsche.«*

Plötzlich lachte Bree. Natürlich! Das war so eine Gewohnheit von ihr. Und auf einmal wusste sie, was sie zu tun hatte. *Stimmt, Gott, ich wollte die Welt kennenlernen. Vielleicht nicht auf diese Weise, aber ich wollte sie kennenlernen. Ich weiß nicht, was du mit mir vorhast, aber ich will dir vertrauen.*

Bree wandte sich von dem Drachen ab und schloss die Augen. *Und, Herr … Wenn das mein Weg sein soll, dann flehe ich dich an: Bitte gebrauche mein Leben für etwas Gutes.*

Als Bree die Augen wieder öffnete, fiel ihr Blick auf ein Mädchen. Sie war vielleicht acht Jahre alt und hatte schwarze Haare und Wimpern. Sie starrte Bree an, ihre blauen Augen waren voller Angst.

Bree bahnte sich einen Weg an den anderen Gefangenen vorbei und kniete sich neben das Mädchen. Mit ihren gefesselten Händen drückte sie die ebenfalls gefesselten Hände des jüngeren Mädchens. »Wie heißt du?«, fragte Bree sanft.

»Lil«, antwortete das Mädchen. Als sie anfing zu schluchzen, hob Bree die Arme und umarmte Lil. Bree hielt sie wie einen Säugling und wiegte sie vor und zurück. Schließlich sah Lil auf, schniefte noch einmal und hörte dann auf zu weinen.

In der einbrechenden Dunkelheit gab Mikkel den Befehl, die Gefangenen von ihren Fesseln zu befreien. Die Wikinger gingen von einem zum anderen und nahmen allen die Fesseln ab. Mikkel kam zu Bree. Als er vor ihr stand, fragte sie sich wieder, was wohl die kleinen Hämmer an seinem Halsreif bedeuten sollten.

Mit einem kräftigen Schnitt seines Messers befreite er ihre Füße. Dabei durchtrennte er das Seil aus Walrosshaut, als ob es aus Haar gemacht wäre. Bree weigerte sich, ihn anzusehen. Sie wollte nur die verhassten Fesseln los sein. Jede Chance zur Flucht würde sie ohne zu zögern ergreifen.

»Selbst *du* solltest jetzt nicht über Bord springen«, sagte Mikkel, als ob er sie damit ärgern wollte. Als Bree ihm nicht antwortete, schob er sein Messer zwischen ihre Handgelenke.

Als er das Seil durchtrennte, schnappte sie nach Luft. Blutstropfen zeichneten sich rot auf ihrer weißen Haut ab.

Brees wütender Blick traf den seinen. »Du hast mir ins Handgelenk geschnitten!«

Für einen Augenblick sah sie in seinen Augen so etwas wie Schuldbewusstsein. Dann wurde sein Blick wieder abweisend. »Ach, tatsächlich?«, fragte er.

»Ja, tatsächlich. Und das tut weh!« Sie zog ein Taschentuch aus der Tasche und drückte es gegen die Wunde.

Als ob ihn das Ganze gar nicht betreffen würde, sah Mikkel hinauf zu dem großen Drachenkopf. Brees Blick folgte seinem.

»Blödes Drachenboot!«

»Na gut, es ist vielleicht ein Drachenboot, aber es ist auch mein *Seevogel*.«

Stolz berührte Mikkel die Seitenwand des Schiffs und fuhr mit der Hand über das Holz. »Das ist der Name, den ich dem Schiff gegeben habe. *Seevogel*. Denn es fliegt regelrecht über das Wasser.«

Zu Brees Überraschung mochte sie diesen Namen. Er erinnerte sie an die Freiheit, die sie in Irland hatte.

»Jetzt sind es noch sechs Tage«, sagte Mikkel.

»Sechs Tage bis nach Hause?« Bree war sich nicht sicher, ob sie Erleichterung oder Sorge empfinden sollte. Was würde am Ende dieser sechs Tage passieren?

»Sechs Tage und sechs Nächte bis zur Westküste Norwegens. Aber ich lebe am Aurlandsfjord, zu dem man von der Norwegischen See aus noch weit ins Landesinnere fahren muss.«

Mikkel hatte Devin gegenüber dermaßen damit angegeben, der Sohn eines großen Häuptlings zu sein, dass ihr Bruder sich sicherlich gemerkt hatte, wo genau sie hingebracht werden würde.

Jetzt zeigte Mikkel auf einen schmalen, kaum erkennbaren Streifen Land zu ihrer Rechten. »Das auf der Steuerbordseite ist Schottland.« (Das lange Ruder, das ins Wasser hinabgelassen wurde, um das Schiff zu steuern, befand sich auf der rechten Seite. Daher rührte die Bezeichnung »Steuerbord« für die rechte Seite eines Schiffes.)

»Wir werden zwischen den Inneren und Äußeren Hebriden hindurchsegeln«, sagte Mikkel. »Sie gehören uns.«

»Uns?«

»Norwegen.«

Bree versuchte seinen stolzen Tonfall zu ignorieren.

»Die Hebriden sind Inseln westlich von Schottland«, fuhr Mikkel fort. »Wir werden eine Route nehmen, die uns zwischen ihnen hindurchführt. Ich werde dich in ein wunderschönes Land bringen.«

Bree richtete sich streitlustig auf. Warum schaffte es dieser Junge stets, sie zu reizen? »Ich *komme* aus einem wunderschönen Land.«

Mikkel grinste: »Aber ich werde dir Berge, Flüsse und Wasserfälle zeigen.«

»Wir *haben* Berge, Flüsse und Wasserfälle. Mehr Wasserfälle, als man zählen kann.«

»Dann werde ich dir die Fjorde zeigen.«

»Fjorde?«

»Tiefe Wasserstraßen. Manche von ihnen sind so tief, dass ich nicht weiß, wie tief der Grund liegt. Aber eines Tages wird jemand herausfinden, wie tief die Fjorde sind. Unsere Berge erheben sich direkt aus dem Wasser.«

Bree schwieg. Sie war überzeugt davon, dass sie alles übertreffen konnte, was Mikkel ihr über Norwegen sagen konnte. Aber wie?

Mikkel gab ihr den entscheidenden Hinweis. »Ihr habt viel Weideland, gutes Ackerland und viele Schafe.«

»Stimmt.« Bree lächelte. »Wir haben viele Schafe.«

Dann brach es unkontrolliert aus ihr heraus: »Und wir versammeln uns um ein Feuer, erzählen uns Geschichten und lachen, wir tanzen und singen …«

»Aber …« Mikkel richtete sich zu seiner vollen Größe auf, als wenn jetzt das Wichtigste überhaupt käme: »Im hohen Norden haben wir Sommernächte, in denen es nicht dunkel wird. Und im Winter haben wir Tage, an denen es nicht hell wird.«

Bree starrte ihn an. Und das sollte jetzt *gut* sein?

Doch ohne dass er es wusste, hatte Mikkel ihr Hoffnung gegeben. *Ich bin auf dem »Seevogel«*, sagte sich Bree. *Auch ich werde frei sein wie ein Vogel und fliegen, wohin ich will.*

Zu ihrer Überraschung öffnete Mikkel hölzerne Seekisten und sagte den Iren, dass sie sich das herausnehmen konnten, was sie brauchten. Eine Frau namens Nola übernahm die Verteilung. Sie nahm Decken aus Rentier- und Seehundfell aus der Kiste und reichte sie weiter. Als Bree darauf wartete, an die Reihe zu kommen, sah sie Lil abseits von den anderen stehen. Bree schob sie vorwärts, da das kleine Mädchen sonst vielleicht keine Decke mehr abbekommen würde. Danach brachte Bree sie in die Mitte eines Bereichs, in dem sich die Frauen zusammendrängten. Sie rechnete mit einer langen, kalten Nacht auf offener See.

Bree selbst ließ sich in deren Nähe auf dem Deck nieder und zog sich eine Rentierfell-Decke über den Kopf. Sie hatte es immer als selbstverständlich angesehen, nicht frieren zu müssen. Jetzt war sie schon für etwas dankbar, womit sie sich zudecken konnte. *Vielleicht wird es gar nicht so schlimm werden. Vielleicht kümmern sie sich ja um uns. Und möglicherweise geht es uns sogar gut bei ihnen.*

Sie dachte daran zurück, wie Mikkel sie gewarnt hatte, kurz nachdem sie auf das Schiff gekommen war. Diese Worte waren aus seinem Mund gekommen: »Du *musst* mir gehorchen.« Damals hatte Bree nicht den geringsten Wunsch verspürt, diesem Befehl nachzukommen. Sie hatte nur ihre Flucht vor Augen, was sich seitdem auch nicht geändert hatte. Doch jetzt dachte sie darüber nach, was Mikkel damals – sinngemäß – auch gesagt hatte: »Wenn du mir gehorchst, wird es dir gut gehen.«

Er hat versprochen, auf mich achtzugeben, versuchte

Bree sich zu beruhigen. Doch eine Frage stellte sich ihr immer wieder: Wie vertrauenswürdig war Mikkels Wort?

Jeremy passt auf

Als Devin stolperte und hinfiel, ging der Ruck durch seine Knie in seinen Körper. Wenige Augenblicke später hörte er jemanden rufen: »Halt! Warte auf mich!«

Doch Devin war nicht gewillt, irgendjemandem sein Vertrauen zu schenken. Er versuchte sich aufzurappeln.

»Warte!«, rief die Stimme wieder. »Ich will dir doch nur helfen!«

Helfen? Gibt es hier tatsächlich jemanden, der mir helfen kann? Devin rappelte sich auf und versuchte weiterzugehen. Doch er hatte sich böse die Knie aufgeschlagen und hinkte.

»Warte auf mich! Ich kenne Bree!« Ein Wort drang durch den Nebel in seinen Kopf: *Bree! Wie kann irgendjemand in diesem Land fernab der Heimat Bree kennen?* Dann fiel Devin noch etwas auf: Die Stimme, die ihn rief, war jung.

Devins Verstand war nun endgültig überfordert, und seine Beine versagten ebenfalls ihren Dienst. Er blieb abrupt stehen und fuhr herum. Nur Augenblicke später stieß der Junge mit ihm zusammen, sodass Devin fast umfiel. Der Junge war etwa zehn Jahre alt. Seine Haarfarbe entsprach der von rötlichem Sand, er hatte braune Augen und sein Gesicht war vollständig mit Sommersprossen übersät.

Doch Devin nahm das kaum wahr. »Du kennst Bree?«, fragte er den Jungen.

»Als ich mich in dem Gebüsch versteckt hielt, sah ich, wie du dich mit ihr unterhalten hast«, antwortete der Junge. »Wer bist du?«

Devin starrte ihn an. Wie konnte irgendjemand nicht wissen, dass er und Bree Geschwister waren? Das kam Devin so seltsam vor, dass er nichts sagen konnte. Wie ein Blinder, der nicht mehr wusste, wo er war, streckte er seine Hand aus.

Der Junge verstand und ergriff die Initiative. »Setz dich«, sagte er. »Du fühlst dich nicht gut, oder?«

Er formulierte es zwar wie eine Frage, doch er schien die Antwort bereits zu kennen. »Setz dich, ich erklär dir alles.«

Als Devin sich setzte, war es eigentlich mehr ein Fallen. Offenbar war er schwächer, als er gedacht hatte. Zu seiner Überraschung spürte er felsigen Boden unter sich. Der flache Stein, auf dem er nun saß, war eine bequeme Sitzgelegenheit. Hinter ihm lag ein weiterer großer flacher Stein, daneben wieder einer und so weiter.

»Wie lange ist es her, dass du etwas gegessen hast?«, fragte der Junge und kam damit direkt zur Sache. Er zog ein Stück Fladenbrot aus der Tasche und hielt es Devin hin. Ohne darüber nachzudenken, nahm er es.

Wie lange war es her? Devin versuchte sich zu erinnern. Seine letzte Mahlzeit hatte er zu Hause eingenommen – das Mittagessen vor fast zwei Tagen.

Das harte, knusprige Fladenbrot schmeckte ähnlich wie ein Keks, aber Devin kannte keinen Keks, der so schmeckte. Als er das Stück Brot aufgegessen hatte, bot ihm der Junge ein weiteres Stück an. Wieder griff Devin ohne zu zögern zu und schlang es hinunter. Es ging ihm bereits besser.

»Und jetzt Wasser.«

Als der Junge aufstand, sah Devin sich um. Um ihn herum standen die Steine aufrecht nebeneinander, wie Stöcke, die man in den Boden gerammt hatte. Noch viel eigenartiger war jedoch, dass jeder Stein die gleiche sechseckige Form hatte. Sechs Seiten? Wie konnte ein Stein sechs Seiten haben?

Devin rieb sich die Augen. Vielleicht ging es ihm ja noch gar nicht wirklich besser. Dann sah er sich seine unmittelbare Umgebung genauer an und stellte fest, dass mit seiner Wahrnehmung alles in Ordnung war. Nicht nur einer der Steine um ihn herum, auch nicht nur zwei oder zehn, sondern jeder einzelne von ihnen hatte sechs Seiten! Von dort, wo er saß, nahmen die unzähligen steinernen, sechsseitigen Säulen mit zunehmender Entfernung auch immer weiter an Höhe zu. Es sah so aus, als würden sie zu einem Gipfel ansteigen.

Vielleicht bin ich ja tot, und das hier ist der Himmel, dachte Devin, immer noch etwas benommen. Aber das wäre schon ein sehr seltsamer Himmel. Und der Junge, der Bree kannte, schien auf der Erde zu leben. Zumindest kam er gerade zurück.

»Ich kann keine Quelle finden«, berichtete er. »Lass uns aus den Steinen trinken.«

Aus den Steinen trinken? Devin kam zu dem Schluss, dass er wohl doch im Himmel sein musste. Das Fladenbrot hatte gut geschmeckt – jedenfalls war es viel besser als nichts. Nur: Wer war dieser seltsame Junge? Der lag bereits auf dem Boden und hielt seinen Kopf über einen nahe gelegenen Stein. Trotz seiner Verwirrung sah und verstand Devin schließlich: Na klar, dieser Stein hatte eine kleine Vertiefung. Und diese Vertiefung war mit Wasser gefüllt!

»Nur zu!«, ermunterte der Junge ihn. »Wir sind weit genug vom Meer weg, das hier ist kein Salzwasser.«

Devin legte sich auf den Bauch, neigte seinen Kopf über den Stein, der ihm am nächsten war, und schlürfte das Wasser. Nicht alle Steine hatten eine solche Vertiefung, doch er ging von einem zum nächsten, bis sein Durst schließlich gelöscht war.

Als Devin sich dann aufgerichtet hatte, sah er den Jungen an und grinste.

»Ich dachte schon, du hast sie nicht mehr alle. Oder dass ich im Himmel bin.«

Der Junge grinste zurück, aber Devin konnte erkennen, dass er erleichtert war. Dann wurde ihm bewusst, dass er sich wirklich besser fühlte. Das wenige an Nahrung und Wasser, was er zu sich genommen hatte, hatte seinen Kopf wieder frei gemacht.

»Wo sind wir?«

»Jedenfalls nicht im Himmel«, antwortete der Junge ernst. »Ich bin übrigens Jeremy. Wer bist du?«

»Brees Bruder.« Die Bedeutung dieser Tatsache wurde Devin plötzlich ganz neu bewusst. Jetzt, wo Bree nicht mehr da war, schätzte er sie mehr als jemals zuvor.

»Das habe ich mir schon fast gedacht. Ich habe euch beide gesehen, als ihr mit dem Typen von dem Schiff gesprochen habt.«

»Mikkel.« Allein der Name erfüllte Devins Herz und Stimme mit Wut.

»Mikkel.« Jeremy sprach den Namen langsam und betont deutlich aus. »Der Anführer der Wikinger. Ein grausamer Kerl.«

»Das ist er wirklich.« Wenn Devin könnte, wie er wollte, dann würde er Mikkel am liebsten …

»Er ließ dich gehen?«, fragte Jeremy.

»Bree hat ihn dazu gebracht. Sie hatte ihn vor dem Ertrinken gerettet und ihm angedroht, dass sie das jedermann erzählen würde, wenn er mich nicht gehen lässt.«

»Das hätte sie im Ernstfall auch getan.« Jeremy wischte sich die langen Haare aus dem Gesicht. »Jedenfalls würde ich ihr das ohne Weiteres zutrauen.«

»Aber da war noch etwas … Es muss noch einen weiteren Grund gegeben haben, warum Mikkel mich gehen ließ.«

Devin dachte einen Augenblick nach. »Mikkel ist als Wikinger sicherlich nicht zimperlich. Er hätte ohne Weiteres verhindern können, dass Bree anderen davon erzählt, dass sie ihn gerettet hat. Aber er hat das gar nicht erst versucht. Bree hat ihn gefragt, wie sich seine Eltern fühlen würden, wenn ihm etwas zustoßen würde.«

»Und was hat er geantwortet?«

»Er hat gar nicht geantwortet, sondern hinaus aufs Meer geschaut. Dann hat Bree gefragt: ›Wie viele Gräber habt ihr auf eurem Familienfriedhof?‹ Mikkels Schultern haben gezuckt, so als ob er aufgewühlt war, es aber nicht zeigen wollte. Als er dann wieder Bree angeschaut hat, war sein Gesicht hart und abweisend, so als ob er seine Gefühle verbergen wollte. Aber dann hat er mich gehen lassen.«

»Na komm ...«, antwortete Jeremy. »Du musst dich hinlegen und eine Weile ausruhen.«

Devin folgte Jeremy nur zu gerne, als dieser ihn zu einer geschützten Stelle zwischen den Steinen führte. Das Letzte, was er hörte, bevor er einschlief, war Jeremy, der ihm versprach: »Ich werde aufpassen.«

Das rote Hemd

Als Devin aufwachte, hatte die Sonne bereits ihren Höhepunkt überschritten. Jeremy saß ein Stück von ihm entfernt. Der Platz, an dem er saß, eignete sich tatsächlich gut als Wachposten. Egal, aus welcher Richtung sich jemand nähern würde – der Junge hätte ihn sofort entdeckt.

Jetzt kam Jeremy herbeigeeilt.

»Und, geht's dir jetzt besser?«

Devin setzte sich auf. Zu seiner Überraschung war sein Kopf frei. »Wir müssen los!«, sagte er.

»Trink noch etwas Wasser, dann können wir gehen. Ich konnte nirgends Beeren finden.«

Plötzlich dämmerte es Devin. »Jeremy, habe ich etwa deine letzten Nahrungsvorräte gegessen?«

Der Junge winkte ab. »Du hast es nötiger gebraucht als ich.«

»Tut mir leid, ich habe nicht nachgedacht.«

Jeremy grinste. »Ich weiß. Deswegen hast du's ja auch gebraucht. Im Übrigen schulde ich dir was.«

Jeremy flüsterte jetzt, es schien, als ob er die Worte fast nicht herausbekommen würde. »Bree hat auch mir zur Flucht verholfen.«

Devin machte große Augen. »Bree hat dich befreit? Wie?«

Als Jeremy mit seinem Bericht darüber fertig war, wie Bree seine Fesseln gelöst und ihm gesagt hatte, was er tun sollte, hatte er Tränen in den Augen. »Ich hatte gehofft, dass sie auch davonkommen würde.«

»Ich auch …« Devin fiel es immer noch schwer zu glauben, dass es ihm nicht möglich gewesen war, sie zu retten. »Ich bin Brees Bruder«, sagte er nochmals, so als ob das alles erklären würde. Und auf eine gewisse Weise tat es das ja auch.

Er spürte wieder diesen Schmerz, so tief, dass er nicht wusste, wie er damit umgehen sollte. Aber jetzt war Devin eines klar geworden: Ob es ihm gefiel oder nicht – es musste irgendwie weitergehen, und das bedeutete konkret, dass er einen Weg nach Hause finden musste. Er blickte sich um. Zum ersten Mal fielen ihm die schwarzen Felsen in der Nähe des Strands auf, die unförmig wie Klumpen waren.

Schwarze Felsen? Sie sahen eigenartig aus. In der Schule hatte Devin etwas über Vulkane gelernt. Gab es solche etwa auch hier?

Lange grüne Wellen rollten vom Meer heran, überschlugen sich und schlugen schließlich mit spritzender Gischt an die Küste.

Die Steine, auf denen Devin saß, hatten eine andere Farbe – sie waren graubraun. Seltsamerweise hatten die Steine immer noch sechs Seiten – und das, obwohl er wieder klar denken konnte. »Wo sind wir hier denn bloß gelandet?«

»Hmmm, wenn du mich fragst, sind wir hier am Damm des Riesen.«

»Damm?«

»Ein Weg, der durch beziehungsweise über Wasser führt. Siehst du diese stufenförmigen Felsen?«

Devin nickte. Obwohl er immer noch hungrig war, hatten das Fladenbrot und das Wasser ihn bereits weitgehend gesättigt. Auch der Schlaf hatte ihm gutgetan. Es ging ihm jetzt wirklich besser, fast so wie immer.

»Diese sechseckigen Steine … Ich habe so etwas noch nie gesehen.«

»Nun«, begann Jeremy. »Nach Aussage meines Vaters …« Er zwinkerte Devin zu, setzte dann aber ein feierliches Gesicht auf. Devin wusste genug über das Erzählen von Geschichten und Legenden, um zu vermuten, dass jetzt etwas Unterhaltsames käme.

»Vor langer Zeit lebte ein Riese namens Finn MacCool. Er war in diesem Teil der Welt als der größte lebende Mensch bekannt. Eines Tages baute er einen Damm über den Nordkanal, sodass er nach Schottland gehen konnte, ohne nasse Füße zu bekommen. Und so setzte er diese Steine in den Boden.«

Jeremy blickte sich um, und Devin tat es ihm gleich. Unzählige sechsseitige Steine bildeten durch ihre unterschiedliche Höhe eine Berg-und-Tal-Landschaft über weite Teile der Küste. Weitere Steine führten hinein ins Meer. Jetzt, wo die Flut kam, brachen die Wellen über die am weitesten vom Ufer entfernten Steine herein.

»Und … na ja …«, sagte Jeremy. »Manche sagen, dass Finn den Damm nach Schottland deswegen gebaut hat, damit er die liebliche Oonagh heiraten und sie zu sich nach Irland holen konnte. Aber mein Vater und andere sagen, dass Finn den Damm gebaut hat, damit sein Rivale, ein schottischer Riese namens Benandonner, trockenen Fußes zu ihm reisen konnte.

Alles ging gut bis zu dem Tag, an dem Finn den anderen Riesen herankommen sah. Da bekam er Angst. Benandonner war ein größerer und ein furchteinflößenderer Rivale, als Finn gedacht hatte. Als Finn schnell nach Hause zu seiner Frau Oonagh lief, verkleidete sie ihn als Säugling und legte ihn in eine Wiege. Bald schon klopfte Benandonner an die Tür. Oonagh bat ihn auf eine Tasse Tee herein, gab dem Riesen aber gleichzeitig zu verstehen, dass er still sein sollte. ›Bitte sei leise‹, flüsterte sie dem Riesen zu, ›damit wir Finns Kind nicht aufwecken.‹

Doch nach einem kurzen Blick auf den riesigen Säugling änderte Benandonner urplötzlich seine Meinung. *Wenn das Finns Kind ist, dann verzichte ich gerne darauf, den Vater kennenzulernen!*, dachte er. Auf seiner Flucht zurück über den Damm riss der schottische Riese die Steine hinter ihm aus dem Boden. Er hatte nicht die geringste Lust, dass Finn MacCool ihm nach Hause folgte.«

Als Jeremy auf die Stelle zeigte, an der die Steine im Meer verschwanden, verstand Devin. Zum ersten Mal, seit die Wikinger Bree geraubt hatten, musste er so lachen, dass er kaum damit aufhören konnte.

Jeremy und Devin marschierten los. Nach kurzer Zeit verdunkelte sich der Himmel, und bald schüttete es wie aus Eimern. Es blieb ihnen aber nichts anderes übrig, als weiterzugehen. Als Devin hingefallen war, hatte er sich beide Knie aufgeschlagen. Jetzt fühlte er sich steif, und das Gehen schmerzte, aber er biss die Zähne zusammen und versuchte, den Schmerz zu ignorieren.

Als Devin und Jeremy bis auf die Haut durchnässt waren, kam die Sonne wieder heraus. Im Verlauf des Nachmittags verließen sie die Küste, um einen Ort zu finden, an dem sie übernachten konnten. Schon bald kamen sie zu einer Hütte, die von weitläufigem grünem Weideland umgeben war. Die weiß getünchten Außenwände leuchteten in der Sonne, und das Strohdach sah aus, als ob es gerade erst neu eingedeckt worden wäre.

Als die beiden Jungen sich der Hütte näherten, bellte ein Hund. Kinder kamen aus der Tür gerannt.

»Kommt rein, kommt rein!«, riefen sie zur Begrüßung. Das kleinste Kind nahm Devin an der Hand. Ein anderes Kind führte Jeremy den Pfad entlang. Als sie die Hütte erreichten, war die obere Hälfte der Tür offen. Das Kind griff mit einer Hand nach der unteren Hälfte der Tür und zog mit der anderen an Devin, um ihn hineinzubugsieren. Doch plötzlich fiel ihm ein, was sein Vater zu sagen pflegte, wenn er das Haus eines Iren betrat. Devin kam der Gedanke merkwürdig vor, einen Segensgruß zu sprechen. Andererseits waren die Ereignisse, die seine Reise verursacht hatten, noch viel merkwürdiger. Devin fühlte sich schon viel älter als noch vor zwei Tagen.

Von der Tür aus rief er: »Möge Gott alle Bewohner dieses Hauses segnen!«

Die Frau des Hauses drehte sich um. Sie war gerade dabei gewesen, den Kessel umzurühren. »Hunderttausendmal willkommen!« Ihre Wangen waren rosig von der Hitze des Feuers, ihr Lächeln war an Warmherzigkeit nicht mehr zu überbieten.

»Komm herein und leiste uns Gesellschaft. Ich habe genug zu essen für einen großen Jungen wie dich. Und für dich natürlich auch«, fügte sie hinzu, als Jeremy hinter Devin hervortrat.

»Los, geh schnell!«, sagte sie einem ihrer Söhne. »Hol Wasser, damit die beiden sich waschen können!«

Als sie sich zu Tisch begaben, gab Master O'Neill Devin den Ehrenplatz und sprach das Tischgebet. Hätte man die acht Kinder nebeneinander aufgestellt, hätten sie ausgesehen wie eine Treppe, vom ältesten Kind bis hinunter zum jüngsten.

Das Kind, das Devin ins Haus gezogen hatte, saß neben ihm. Die Hand des Jungen bewegte sich unablässig zwischen Schüssel und Mund hin und her, gleichzeitig beobachtete er jedoch unablässig Devin und wandte keinen Blick von ihm.

Für Devin waren der Fisch auf seinem Teller, das braune irische Brot und der Krug mit Milch ein wahres Festmahl. Als er sein Brot in eine Schüssel mit Honig tauchte, musste er sich sehr zusammenreißen, um seine Tischmanieren nicht zu vergessen. Er wäre am liebsten über das Essen hergefallen, bis kein Krümel davon mehr übrig geblieben wäre.

Als er sich umsah, wusste Devin, dass die O'Neills ihm viel mehr als nur Essen gegeben hatten. Zum ersten Mal, seit die Wikinger eingefallen waren, spürte Devin die Wärme eines Zuhauses – die Wärme von Eltern, die für ihre Kinder sorgten und mit ihnen Gemeinschaft haben wollten, um miteinander zu reden und zu essen.

Als Devin und Jeremy schließlich keinen Bissen mehr essen konnten, schob Master O'Neill seine Schüssel beiseite.

»So, und jetzt erzählt uns mal, warum so prächtige junge Burschen wie ihr so weit weg von zu Hause unterwegs sind.«

Als Devin ihm erzählte, was passiert war, verfinsterte sich O'Neills Gesicht. »Ich bin gerade *so* wütend. Wütend darüber, dass diese Männer aus dem Norden uns einfach nicht in Frieden leben lassen. Du glaubst, dass sie weg sind – bist du dir da sicher?«

»Soweit ich weiß …« Devin hielt inne und korrigierte sich. »Ich weiß nicht. Das Schiff, das Glendalough überfallen hat, ist weg. Aber es könnte noch jemand von der Besatzung zurückgeblieben sein.«

»Aha …«

»Ein Busch hat sich bewegt …«

»Und das war nicht der Wind?«

Devin schüttelte den Kopf. »Ich habe lange gewartet und den Busch beobachtet. Wer auch immer dort drin war, hat auch gewartet.«

»In der Vergangenheit haben uns viele Wikinger Ärger gemacht. Aber andere sind gekommen und bei uns geblieben. Sie haben unsere Töchter geheiratet und leben jetzt ganz friedlich unter uns. Könnte der Mann, den du gesehen hast, so jemand sein?«

»Ich weiß nicht«, antwortete Devin. Obwohl er damals ziemlich verwirrt gewesen war, erinnerte er sich noch daran, dass er ein Stück Stoff gesehen hatte. Der Stoff war rot wie das Hemd, dass Jeremy unter seiner Tunika trug. Als Devin den Jungen zum ersten Mal gesehen hatte, war er zu benommen, um darüber nachzudenken. Danach hatte er einfach angenommen, dass es Jeremy gewesen war, der den Zweig bewegt hatte. Jetzt musste er sichergehen, dass es auch wirklich so war. »Jeremy, hast du dich in den Büschen versteckt?«

Der Junge nickte. »Ein Stück den Hang hoch. Als ich dich sah, kletterte ich den Rest des Hangs nach oben und ging außen um die Klippen herum bis zum höchsten Punkt. Von dort aus folgte ich dir dann.«

Devin vollzog in Gedanken nach, was geschehen war. Er erinnerte sich daran, dass er aufgesprungen war und dem Meer mit der Faust gedroht hatte. In seinem Zustand der Verwirrung hatte er davor ein Gefühl der Warnung verspürt, obwohl er kaum wusste, was er tat.

Der Gedanke ängstigte Devin. Zwar mochten die Iren leuchtende Farben, das taten die Wikinger jedoch auch. Viele der Männer auf dem Schiff hatten rote und grüne Kleidung getragen. Wusste einer von ihnen, dass er und Jeremy geflohen waren?

»Der Busch, der sich bewegt hat, befand sich nur geringfügig oberhalb des Strands«, erzählte Devin Master O'Neill. »Ich habe zwar keinen Mann gesehen, aber etwas Rotes *habe* ich gesehen. Und da es jedenfalls nicht Jeremy war, muss es jemand anders gewesen sein. Jemand, der nicht gesehen werden wollte.«

»Vielleicht hatte er Angst«, überlegte O'Neill. »Vielleicht möchte er erst in Erfahrung bringen, wie wir ihn behandeln würden.«

Aber Devin dachte an das Gefühl der Warnung, das er verspürt hatte. »Der Junge, der das Wikingerschiff kommandierte, war in Eile. Vielleicht wurde dadurch aus Versehen ein Mann zurückgelassen. Wenn ich dieser Mann wäre und so weit weg von zu Hause zurückgelassen worden wäre, wäre ich sauer.«

O'Neill lächelte. »Du bist ein cleveres Bürschchen und in deiner Klugheit deinem Alter weit voraus.«

Devin nickte langsam und dankte so seinem Gastgeber für die Wertschätzung. Aber er musste in dieser Sache noch etwas loswerden: »Jemand, der sauer ist, wird seinen Unmut an jemandem auslassen wollen.«

»Und ein weiser Mann wird sich und seine Freunde so gut es geht beschützen.«

O'Neill blickte über den Tisch zu seiner Frau hinüber. »Ich werde für eine Weile ganz in der Nähe des Hauses bleiben.«

Mikkels Pfand

In den dunklen Stunden vor Sonnenaufgang erwachte Bree mit dem Wissen, dass etwas anders geworden war. Sie spürte nicht länger die Bewegungen des Schiffs. Stattdessen merkte sie, wie das Schiffs aufs Ufer gezogen wurde.

Bree zog die Rentierfell-Decke weg, mit der sie sich zugedeckt hatte. Sie sah, wie Wikinger den »Baum« drehten – die lange, dicke Stange unterhalb des Segels. Nachdem sie den »Baum« längs auf das Deck gelegt hatten, zogen sie das Segel über drei Pfosten, die sich vorne, in der Mitte und hinten am Schiff befanden. Jeder Pfosten verfügte über einen breiten Arm, der das Segel oben hielt. Von dort aus spannten die Wikinger den Stoff über die Seitenwände des Schiffs, sodass ein Zelt entstand.

Sobald der Wind ausgesperrt war, spürte Bree einen deutlichen Unterschied. Als es im Innern des Langschiffs wärmer wurde, schlief sie allmählich wieder ein.

Als sie wieder aufwachte, war es Bree, als ob sie den süßlichen, schweren Geruch eines Torffeuers riechen würde. Sie schob ihre Decke weg und atmete tief ein. Dann merkte sie: Der Geruch war anders als bei einem Torffeuer.

Bree sah sich um. Die anderen Iren hatten das

Schiff bereits verlassen, ebenso der Großteil der Wikinger. Dann jedoch hörte Bree Stimmen.

Ohne ein Geräusch zu machen, erhob sie sich, um nachzusehen. An der Steuerbordseite hatte jemand das Ende des Segels angehoben. Zwei Wikinger saßen auf ihren Seekisten – Mikkel und Hauk. Das Morgenlicht strömte herein, sodass sie die beiden gut erkennen konnte.

»Das wird deinem Vater nicht gefallen«, sagte Hauk. Seine stechenden Augen sahen noch viel furchteinflößender aus als sonst.

»Ich sage ihm, dass es nicht deine Schuld ist. Du warst krank – sehr krank.«

»Er wird sehr böse auf mich sein, weil das passiert ist.«

»Mein Vater ist alt.« Mikkels Stimme war verbittert. »Ich weiß besser als er, was getan werden muss.«

»Nein, Mikkel. Du weißt nicht besser als dein Vater, was getan werden muss.«

Mikkels Augen glühten vor Zorn. Doch dann sah er weg, als ob er eingesehen hätte, dass er zu weit gegangen war.

»Ich tue nur das, was andere Wikinger auch tun«, sagte er schnell.

»Und deswegen ist es dann kein Unrecht?« Hauks Stimme war jetzt schneidend. »Hast du jemanden getötet?«

»Nein.«

»Haben deine Männer jemanden getötet?«

Für einen Augenblick schwieg Mikkel, so als ob er

der Wahrheit nicht ins Auge sehen wollte. Schließlich antwortete er: »Ich weiß es nicht.«

»Weißt du es wirklich nicht, oder willst du es nur nicht so genau wissen?«

»Ich bin der jüngste Sohn«, antwortete Mikkel, wie wenn er mit einem Kind sprechen würde. »Ich werde nicht das kleinste Stückchen von dem Land erben, das mein Vater besitzt.«

»Dein Vater weiß das und ich auch.«

»Es gibt einfach nicht genug Arbeit für mich, damit ich davon leben könnte.« Mikkels Stimme war jetzt etwas ruhiger, aber immer noch voller Groll.

»Wenn ich eines Tages heirate, wenn ich eine Familie habe ...«

Hauk nickte. »Dein Vater und ich sind uns dessen bewusst. In den Fjorden Norwegens gibt es nicht viel nutzbares Land. Außerdem willst du Abenteuer erleben.«

Mikkel nickte, so als ob es endlich etwas gäbe, worüber sie die gleiche Meinung hätten. Der Zorn verschwand aus seinen Augen. »Ja, ich liebe Abenteuer. Ich liebe es, auf den Meeren herumzusegeln und herauszufinden, was sich hinter dem nächsten Fjord befindet.«

Seltsam, dachte Bree. *Und ich wollte wissen, was mich jenseits der Wicklow Mountains erwartet.*

Mikkels Stimme war jetzt respektvoll. Bree konnte diese Veränderung kaum glauben. Wer war dieser Mann, dessen Anerkennung Mikkel so viel bedeutete?

»Dein Vater hat dich mir unterstellt«, sagte Hauk, als ob er Brees Frage gehört hätte. »Dein Vater hat dich nach einem mächtigen Fürsten benannt.«

Nach einem mächtigen Fürsten? Bree kannte nur einen mächtigen Fürsten namens Michael. Und der kam in der Bibel vor. Nur: Woher wusste Mikkels Vater etwas von einem Engel?

Hauk fuhr fort. »Dein Vater hat dir dieses Schiff und eine Mannschaft zur Verfügung gestellt, die dir beim Segeln helfen soll. Er will, dass du ein Händler bist, kein Plünderer. Was soll ich ihm denn jetzt sagen?«

»Dass ein einziger Raubzug mich reich gemacht hat.«

Hauk seufzte. »Das kann aber nicht alles sein. So sehe ich das, und dein Vater wird das nicht anders sehen.«

»Dann sage ich dir jetzt, und das kannst du ihm auch so ausrichten: Ich werde auf dich hören und meine Handlungsweise ändern.«

Mikkel sah Hauk in die Augen, aber es war offenkundig, dass der alte Mann seinen Worten keinen Glauben schenkte.

»Kann ein Rentier einfach damit aufhören, über vereiste Bergkämme zu laufen?«, fragte er. »Kann ein Fuchs nicht mehr länger listig sein?«

Mikkel sah zuerst weg. Als wenn er darüber nachdenken müsste, blickte er auf einen willkürlichen Punkt außerhalb des Schiffs. Schließlich sah er Hauk direkt in die Augen.

»Ich gebe dir etwas als Pfand, etwas Wertvolles.«

Aha, dachte Bree. *Dieser Mann soll also Mikkels Lehrer sein? Die Frage ist nur, ob dieses »Pfand« nicht viel eher ein Bestechungsgeschenk ist …*

Mikkel stand auf und griff in seine Seekiste. Er nahm etwas heraus, was in Seehundfell eingewickelt war, und gab es Hauk. Als der ältere Mann das Bündel ausgewickelt hatte, hielt er in seinen Händen ein Buch, das in weißes Kalbsleder eingebunden war.

Bree schnappte nach Luft und hätte fast aufgeschrien. Gerade noch rechtzeitig hielt sie sich die Hand vor den Mund. Als sie zusah und versuchte, sich leise zu verhalten, spiegelte sich das Licht der Morgensonne in den wertvollen Edelsteinen auf dem Bucheinband wider. Die Edelsteine waren von Pilgern aus aller Herren Länder mitgebracht worden und machten das Buch zu etwas ganz besonders Wertvollem. Denn das war es schließlich auch: Es handelte sich um die vier Evangelien, die von den Mönchen in Glendalough sorgfältig von Hand abgeschrieben worden waren. Die vier Evangelien erzählten das Leben von Jesus.

Hauk strich mit der Hand über den Einband. Als seine Finger die wertvollen Edelsteine berührten, wurde es Bree mit einem Mal speiübel. Wie konnte so ein heiliges Buch – die Heilige Schrift selbst – in die Hände solch unheiliger Menschen fallen? Bree war zum Weinen zumute. Sie wollte nur eines: ihnen das wertvolle Buch wieder wegnehmen.

»Siehst du?«, fragte Mikkel. »Es hat großen Wert.«

Wert! Bree konnte ein Schluchzen nicht unterdrücken. *Mikkel weiß nicht, was er da sagt. Er weiß nicht, dass es hier nicht auf den Einband, sondern auf den Inhalt ankommt. Er weiß nicht, dass die Botschaft dieses Buches das Wertvollste auf der ganzen Welt ist.*

Und jetzt sorgte sich Bree um noch etwas anderes – eine Sorge stieg in ihr hoch, die nicht verschwinden wollte. Bruder Cronan hatte geplant, alle Manuskripte zu verstecken, in die eine Menge Arbeit investiert worden war. Was war schiefgegangen, dass dieses vollständige Buch gefunden worden war? Und was war mit Cronan passiert? Als sie anfing, darüber nachzudenken, konnte Bree ihre Angst nicht unterdrücken. Sie fühlte sich tief im Innern völlig niedergeschlagen.

In diesem Augenblick sprach Mikkel sie an. »Steh auf, Bree«, befahl er, so als ob er die ganze Zeit gewusst hatte, dass sie dort war. »Hol dir was zu essen.«

Da sie nicht wollte, dass Mikkel und Hauk ihre Tränen sahen, wischte Bree sich über die Augen. Das war der schlimmste Schlag, den sie bisher ertragen musste. Zu sehen, wie sie das heilige Buch in ihren Händen hielten, war sogar noch schlimmer als die Tatsache, dass sie entführt worden war.

Doch als Bree dann aufstand, spürte sie eine eigenartige Hoffnung in sich. Wusste Bruder Cronan in seiner ruhigen Art, dass jemand wie sie dringend auf die Worte in diesem kostbaren Buch angewiesen sein würde? Hatte er es aus irgendeinem Grund zugelassen, dass es mitgenommen wurde?

Als Bree von dem Langschiff herunterging, sah sie sich um. Sie waren auf einer kleinen Insel gelandet, die keinerlei Schutz gegen den Wind bot, der vom Meer her wehte. Lange Gräser bogen sich im Wind vom Meer weg, und in dem welligen, kargen Ödland schien es kein Leben zu geben. Nach der Aussage von Mikkel befanden sie sich nun auf den Äußeren Hebriden.

Am Strand sammelten die Gefangenen jedes Stück Treibholz, das sie finden konnten. Die Wikinger hatten drei Feuer angezündet und Bratspieße darüber errichtet. Das Zischen und der Duft von gebratenem Fleisch erfüllten die Luft. Als das Hammelfleisch verzehrfertig war, schnitten die Wikinger es mit ihren Messern auseinander. Nachdem sie sich satt gegessen hatten, überließen sie den Rest den Gefangenen.

Bree hatte einen Bärenhunger. Sie füllte eine hölzerne Schüssel und setzte sich neben Lil. Da ihr weder Messer noch Löffel zur Verfügung standen, musste Bree ihr Fleisch notgedrungen mit den Fingern essen. Sie sah sich um und spielte alle erdenklichen Möglichkeiten einer Flucht durch.

Mikkel hatte ihren Rastplatz sorgfältig ausgewählt. So hatte er letzte Nacht auch guten Gewissens ihre Fesseln lösen können. Denn niemand würde hier versuchen zu fliehen, da es schlicht keinen Ort gab, zu dem man fliehen konnte.

Doch Bree blickte zurück zum Schiff und rief sich seinen Namen ins Gedächtnis: *Seevogel*. Wieder verspürte sie Hoffnung. Das Segel war immer noch über die Seitenwände des Schiffs gezogen und bildete so ein Zelt. In diesem Augenblick wusste Bree, was sie machen würde, wenn sich jemals die Gelegenheit dazu ergeben sollte.

Sie lächelte und verstaute den Einfall in einer »inneren Schublade« ihrer Gedanken. Sie würde auf der Hut sein. Sie würde abwarten. Und genau dann, wenn der richtige Augenblick gekommen war, würde sie handeln. Bis dahin würde sie Kräfte sammeln.

Zum ersten Mal, seit sie die Wicklow Mountains verlassen hatte, aß sie, bis sie richtig satt war. Dann fiel ihr auf, dass Lil ihr Essen nicht angerührt hatte.

»Du musst etwas essen«, flüsterte Bree. »Wenn du das nicht machst, wirst du zu schwach zur Flucht sein.«

»Flucht?« Die Stimme des Mädchens war so zart wie eine sanfte Brise. Sie deutete mit einer Handbewegung auf ihre Umgebung: den kahlen Felsen, die wenigen Bäume, die sich im Wind vom Meer wegbogen, das Fehlen von Häusern und von Menschen. »Wo siehst du denn hier die Möglichkeit einer Flucht?«

Bree flüsterte mit einer Entschlossenheit zurück, die sie selbst überraschte. »Die Hoffnung stirbt zuletzt.«

Lils Lächeln ließ ihre blauen Augen erstrahlen. Als Bree sie so sah, war sie zufrieden.

Als das Schiff wieder ablegte, rief Nola, die irische

Frau, die ebenfalls mit ihnen gefangen war, Bree zu sich herüber.

»Schau mal, was ich hier habe«, sagte sie. »Nutzen wir die Zeit, die wir haben.«

Aus den Seekisten hatte Nola Stücke von Seehundfell genommen, die groß genug waren, um damit warme Kleidung für Bree und die anderen Mädchen zu machen. Nola hatte sogar geeignete Nadeln und das entsprechende Garn zur Hand. Das machte Bree neugierig. Wie hatte es Nola geschafft, über die beste Ausstattung aller Frauen auf dem Schiff zu verfügen?

»Ist das nicht ein Grund zur Freude?«, sagte Nola, als sie ihre wertvollen Nadeln herausgab. »Als die Wikinger mich gefunden haben, war ich gerade unterwegs, um eine Freundin zu besuchen. Wir nähen immer, wenn wir uns unterhalten.«

Alles, was die Frauen brauchten, war etwas, mit dem man das Seehundfell zuschneiden konnte. Als Bree Mikkel fragte, ließ er Nola sein Messer benutzen. Er stand aber neben ihr, damit ihm keine ihrer Bewegungen entging.

Bree fing damit an, ein Kleidungsstück für Lil zu nähen. Es war gerade und weit geschnitten, sodass es über dem Leinenkleid getragen werden konnte, das sie bereits anhatte. Da nur zwei Schulter- und zwei Seitennähte benötigt wurden, ging das Nähen recht schnell.

Die Frauen und Mädchen arbeiteten den ganzen Morgen. Bald schon hatte Bree auch für sich selbst ein Kleidungsstück aus Seehundfell angefertigt. Während sie arbeitete, blickte sie oft auf und verfolgte die Küstenlinie der Inneren Hebriden. Als sie an der rauen, zerklüfteten Berglandschaft der Isle of Skye vorbeisegelten, stand Bree an der Seitenwand des Schiffs. Dann wurden die Berge von tief dahinziehenden Wolken verdeckt.

Als sie sich im unruhigen Wasser des Minch-Kanals befanden, einer breiten Meerenge, die die Westküste Schottlands von der großen Insel Lewis and Harris trennte, sah Bree ihre Gelegenheit gekommen, mit Hauk zu sprechen. Als er sich auf seiner Seekiste niederließ, eilte Bree zu ihm. Aus der Nähe betrachtet wirkten Hauks Hakennase und seine durchdringenden Augen noch furchteinflößender. Doch jetzt sah Bree ihn durch einen Tränenschleier.

Ihre Tränen rührten vom Schmerz über den Verlust der Heiligen Schrift und von der Ungewissheit über das Schicksal von Bruder Cronan. Doch durch ihre Tränen hindurch schien Hauk nun weniger hart zu wirken. Zum ersten Mal sah sie ihn, wie er wirklich war: ein alternder Mann, der ein sinnloses Leben führte.

Bree sprach so leise, dass niemand sie belauschen konnte. »Ich habe mitbekommen, dass du ein großes Buch in deiner Seekiste hast.«

Als Hauk sich ihr zuwandte, schlug ihr die Kälte in seinem Gesicht entgegen wie der Nordwind. Die Härte in seinem Blick ängstigte Bree. Trotzdem sprach sie weiter.

»Ich weiß, dass die Edelsteine auf dem Einband für dich sehr wertvoll sind. Aber ich kann die Geschichten in dem Buch lesen. Möchtest du, dass ich sie dir vorlese?«

Hauks Kopf schnellte hoch. »Du – ein Mädchen – willst lesen können? Ich glaube dir kein Wort.«

Sein stechender Blick traf den ihren. »Sollte dieses Buch jemals fehlen, weiß ich, bei wem ich danach zu suchen habe …«

Angst ergriff Brees Herz, und sie wich zurück. Doch dann besann sie sich. *Immer mit der Ruhe,* versuchte sich Bree zu beruhigen. Sie würde wachsam und bereit sein. Wenn Hauk dachte, dass sie nur ein Mädchen war, das nicht lesen konnte, dann konnte er sich sicherlich nicht vorstellen, über welche Fähigkeiten sie sonst noch so verfügte. Wieder dachte Bree an ihren Fluchtplan. *Und Lil werde ich mitnehmen.*

Am späten Nachmittag legte der *Seevogel* erneut an einer unbewohnten, kargen Insel an. Diesmal trugen die Wikinger einen großen Eisenkessel von Bord, füllten ihn mit Wasser und erhitzten ihn über einem Feuer. Als das Wasser zu kochen begann, warf einer der Männer getrockneten Kabeljau hinein.

Als der Fisch zubereitet war, reichte Bree ihn den Gefangenen und versuchte, ihnen währenddessen auch Mut zuzusprechen. Viele von ihnen sahen auf und erwiderten ihren Gruß. Andere schafften es nur, ihren Blick zu erwidern. Wieder andere waren zu sehr in ihrer Angst gefangen, um sie überhaupt nur anzuschauen.

Viele Iren hatten sich bereits miteinander angefreundet. Vereint durch die Grausamkeit, die ihnen widerfuhr, arbeiteten sie in jeder erdenklichen Weise zusammen gegen die Wikinger. Sie hatten auch Mittel und Wege entwickelt, um sich gegenseitig zu helfen, ohne dass es bemerkt wurde.

Bree setzte sich schließlich und aß ihre Portion. Als sie damit fertig war, holte sie sich Nachschlag. Ein Blick zu Lil verriet ihr, dass sie dasselbe tat: Kräfte sammeln für den Zeitpunkt ihrer Flucht.

Als die Wikinger die Gefangenen wieder an Bord brachten, ging einer der Seemänner zu Mikkel. »Was hast du mit den Sklaven vor?«, fragte er ihn leise.

Mikkel sah zu Bree hinüber und bemerkte, dass sie zuhörte. »Sei still!«, befahl er dem Mann.

Bree wandte sich ab, um Mikkel nicht zu zeigen, wie sehr seine Antwort sie interessiert hätte. Es war nicht schwer zu erkennen, dass die Art und Weise, wie Mikkel auftrat, stets davon abhing, mit wem er gerade redete: Mit Hauk redete er anders als mit seinen Männern, wieder anders verhielt er sich Bree gegenüber. Aber wer war der echte Mikkel?

Bree saß wieder auf dem Deck, als sie über die verschiedenen Seiten von Mikkel nachdachte. Sein hinterhältiges Verhalten ängstigte sie. *Dev hat mir Mut zum Sieg gewünscht, aber wie kann ich diesen Mut aufbringen?*

Seit Jahren schon hatte Bree davon geträumt, die Welt jenseits der Wicklow Mountains zu bereisen.

Das trieb sie an, das war ihr Herzensanliegen. Doch jetzt gab es ein Problem, mit dem sie sich auseinandersetzen musste: *Mikkel hat meine Zukunft in der Hand, und ich kann ihm nicht vertrauen.*

Die Angst, die Bree in den Augen der anderen Gefangenen gesehen hatte, schien ansteckend zu sein. Dann fiel ihr ein, dass sie keine warmen Kleider, keinen Schutz vor der Witterung und auch nicht genug Nahrung gehabt hatte. Doch der Herr hatte für all diese Dinge gesorgt. In dem Augenblick, in dem sie ihm dankte, war ihre Angst verschwunden. Eines wurde ihr jetzt klar: *Ich muss Mikkel gar nicht vertrauen können.*

Der Gedanke überraschte sie. Bree ließ diesen Trost tief in sich wirken, weil sie wusste, dass es die Wahrheit war – ohne jeden Zweifel.

Wie wenn enge Ketten von ihrem Herzen abgefallen wären, fing Bree an zu beten. *Herr, ich will dir das noch einmal sagen: Ich weiß nicht, was du hier geschehen lässt, aber du hast meine Zukunft in der Hand. Ich möchte dir vertrauen.*

Dann dachte Bree an ihren Bruder. *Ich frage mich, was mit Dev passiert. Kann er dir ebenso vertrauen wie ich?*

Ein Ort zum Übernachten?

Nachdem Devin und Jeremy zu Ende gegessen hatten, wandte sich ihr neuer Freund, Master O'Neill, an sie: »Jungs, ihr seid heute Nacht unsere Gäste. Ihr werdet müde und erschöpft sein. Wir sorgen dafür, dass ihr heute Nacht unbekümmert schlafen könnt. Morgen früh könnt ihr dann eure Reise fortsetzen. Aber zuerst geben wir euch noch andere Kleider.«

Devin wollte schon abwehren, da er das als zu viel des Guten empfand. Aber Master O'Neill wollte davon nichts wissen. »Wir werden euch mit warmer Kleidung ausstatten, und mit anderen Hemden. Denn wenn euch dieser Mann sieht …«

»Und ich werde euch die Haare anders schneiden«, ergänzte Frau O'Neill. »Wenn diese Jungen uns verlassen, werden nicht einmal ihre eigenen Mütter sie wiedererkennen.«

Nach dem Frühstück am nächsten Morgen nahm sie Kamm und Schere zur Hand. Sie stellte einen Stuhl auf den harten Boden vor der Haustür und bat Devin, Platz zu nehmen. Als sie mit ihrer Arbeit begann, flog das Haar in alle Richtungen. Als es sich auf dem Boden um seine Füße herum sammelte, bekam Devin zunächst ein mulmiges Gefühl, dann machte er sich ernsthafte Sorgen. Würde da überhaupt noch etwas von seinen Haaren übrig bleiben?

Doch als ihr Werk vollendet war, reichte Frau O'Neill ihm einen Spiegel. Als Devin sich darin betrachtete, grinste er.

»Was für ein gut aussehender Junge ...«, sagte sie augenzwinkernd. »Du wirst keinem auffallen – außer vielleicht den Mädels.«

Jeremy war nicht ganz so zufrieden mit seinem neuen Haarschnitt. Als er sich im Spiegel betrachtete, verzog er das Gesicht. Devin trat ihm unauffällig gegen den Fuß und gab ihm so zu verstehen, dass er den Mund halten sollte. Dann zogen sie beide die Kleidung an, die Frau O'Neill für sie bereitgelegt hatte. Sie hatte darauf geachtet, dass ihre Hemden nunmehr eine andere Farbe als die vorherigen hatten. Statt der Farben Rot und Blau, die sie am Tag zuvor getragen hatten, waren ihre Hemden jetzt hellbraun. Aus der Entfernung betrachtet fielen sie so weniger auf.

Als Devin und Jeremy bereit waren aufzubrechen, gab Master O'Neill ihnen seinen grünen Umhang. Devin schüttelte den Kopf, da er nicht noch mehr annehmen wollte. Doch der freundliche Mann bestand darauf. »Er wird dich wärmen.«

Ein Junge in Jeremys Größe gab ihm eine Jacke und Frau O'Neill gab ihm noch eine aufgerollte Decke mit. Master O'Neill ging mit hinaus, um ihnen Anweisungen zu geben. »Ihr seid gestern in die falsche Richtung gelaufen«, sagte er und erklärte ihnen, wie sie den Weg zurückgehen konnten, den sie gekommen waren.

Dann versammelte sich die Familie im Kreis um sie. Das älteste Kind sprach zuerst:

»Möge die Straße uns zusammenführen«

»Und der Wind in deinem Rücken sein.«

»Sanft falle Regen auf deine Felder«

»Und warm auf dein Gesicht der Sonnenschein.«

Als die Familie den Segen vollendet hatte, schloss sich sogar noch das jüngste Kind an: »Und bis wir uns wiedersehen, halte Gott dich fest in seiner Hand.«

Devin blinzelte, er fühlte sich schon zu alt, um zu Tränen gerührt zu sein. Dass Gott ihn fest in seiner Hand hielt – ja, genau danach sehnte er sich.

Die Familie gab ihnen ein Bündel mit irischem Brot und Käsescheiben mit. Mit dem Meer zu ihrer Linken und den grünen Hügeln Irlands zu ihrer Rechten machten Devin und Jeremy sich auf den Weg nach Hause.

Damit sie sich nicht verliefen, hatte Master O'Neill sie zurück zum Weg an der Küste geschickt. Bald merkte Devin, dass seine verletzten Knie ihm heute mehr Mühe machten als gestern. Öfter, als Devin lieb war, machte Jeremy eine Pause, um ihm Gelegenheit zum Ausruhen zu geben.

»Wenn du dich jetzt schonst, werden deine Knie schneller heilen«, meinte Jeremy. Doch Devin wollte möglichst schnell nach Hause und hatte entsprechend wenig Nachsicht mit sich.

Es war ein langer Marsch zurück zu der Bucht, an der die Wikinger an Land gekommen waren. Als

Devin hinunterblickte zu der Stelle, an der er sich von Bree verabschiedet hatte, kam sein Zorn wieder hoch. *Irgendwie werde ich sie retten,* versprach er sich. *Ich werde dafür sorgen, dass die Wikinger niemals wieder jemanden von unserer Familie in die Hände bekommen.*

Doch jetzt schmerzten seine Knie dermaßen, dass Devin vergaß, vorsichtig zu sein. Als er und Jeremy um die Bucht herumgingen, blieben sie auf dem flachen, offenen Gelände oben auf den Klippen. Beim Gehen warf Devin einen kurzen Blick hinüber zu den Büschen, in denen er das rote Hemd gesehen hatte.

Als Jeremy bei einer Hütte Rast machen wollte, bestand Devin darauf, dass sie weitergingen. Am späten Nachmittag bereute er seine Entscheidung. Bald würde es dunkel sein, und sie brauchten einen Ort, an dem sie übernachten konnten.

Sie gingen immer noch auf dem Weg direkt entlang der Küste, doch hielten sie in Richtung landeinwärts Ausschau nach einem geeigneten Ort, um zu übernachten. Bald schon wurde das blaue Wasser des Nordkanals schwarz. Dann bewirkten die Strahlen der untergehenden Sonne, dass das Meer wie ein Flammenteppich aussah. Devin humpelte zwischenzeitlich so schlimm, dass er bald keinen Schritt mehr gehen konnte. Außerdem beschlich ihn nun ein mulmiges Gefühl.

Als er sich schnell umdrehte, jedoch niemanden sah, der ihnen folgte, kletterte er auf einen Felsen am Wegrand. Er blickte in alle Richtungen, doch weit und breit war kein Mensch zu sehen. Offenbar spielte seine Fantasie ihm einen Streich.

Er spürte seine müden Knochen und seine erschöpften Muskeln. Nirgendwo war ein erleuchtetes Bauernhaus, das zum Verweilen einlud, und nun brach die Nacht herein.

Als er zum Meer blickte, wusste er auf einmal, was zu tun war. Unter ihnen und nicht weit von ihnen entfernt erblickte er ein kleines Stück Land, das ins Meer hinausragte. Das Land war von Wasser umgeben, doch ein kleiner Felsstreifen führte vom Ufer aus dorthin.

War diese kleine Halbinsel weit genug von ihrem Weg entfernt, sodass jemand, der vorbeikam, sie nicht entdecken würde? Wieder blickte Devin sich in alle Richtungen um und prüfte sorgfältig die Gegend. Nachdem er zu dem Schluss gekommen war, dass es dort sicher war, sprach er zu Jeremy: »Los, komm mit!«

Zukünftiger Reichtum

Am späten Nachmittag verschwanden die Berggipfel Schottlands in grauem Nebel. Als der Wind zunahm, verwandelte sich das unruhige Wasser in eine Art Berg-und-Tal-Landschaft. Hinter Bree bauschte sich das große Segel des Wikingerschiffs im Wind auf. Soweit das Auge blickte, bewegten sich die Wellen auf und ab.

Als Bree eine seltsame Leere im Bauch verspürte, dachte sie zuerst, sie sei hungrig. Dann wunderte sie sich darüber. *Ich habe mich doch gerade satt gegessen. Mehr passt nicht rein.*

Der Seegang wurde spürbar stärker. Während der *Seevogel* durch die Wellen pflügte, meldete sich Brees Magen deutlich zu Wort. Sie schluckte kräftig und versuchte, sich auf den Wind in ihrem Gesicht zu konzentrieren. Als sie spürte, dass sie sich gleich übergeben musste, rannte sie zur Reling.

Selbst als alles draußen war, war sie noch so seekrank, dass sie nur hilflos dastehen konnte. Zwischenzeitlich hatten sich noch mehr Iren an der Reling eingefunden. Sie standen einer neben dem anderen, und keinem ging es besser als Bree. Als Mikkel hinter Bree vorbeiging, nahm sie ihn nur am Rande wahr.

Sie nahm an, dass Mikkel sich jetzt sicherlich innerlich amüsieren würde: *Vermutlich denkt er jetzt so etwas wie: »Ihr Stolz ging wohl gerade über Bord.«* Sie konnte ihn förmlich hören: *»Na, was ist nun, irische Prinzessin? Siehst gerade nicht sehr souverän aus.«*

Bree versuchte verzweifelt an irgendetwas zu denken, was ihren Magen wieder in den Normalzustand überführen würde: Mama, Papa, Dev, Adam und die Mädchen. Oma, wie sie eingepackt in Decken wie ein Vogel im Nest neben dem Feuer saß. Doch jetzt fühlte sich Bree so schwach, dass sie fast nicht mehr stehen konnte. Jede Neigung des Schiffs verschlimmerte ihren Zustand erneut.

Als Mikkel zu ihr kam und ihr Wasser anbot, nahm sie einen Schluck, konnte ihn aber nicht bei sich behalten. Mehr als einmal kam er wieder und brachte ihr Wasser. Doch jedes Mal, wenn sie trank, ging es wieder über die Reling.

Schließlich riet er ihr: »Behalte es einfach im Mund.« Aber selbst das funktionierte nicht.

Bree war schließlich so erschöpft, dass es ihr gleichgültig war, was mit ihr passierte. Sie sackte zusammen und blieb auf dem Deck liegen. Das nächste Mal, als Mikkel mit Wasser kam, drehte sie das Gesicht weg und weigerte sich, den Mund zu öffnen. Vor allem aber weigerte sie sich, überhaupt etwas aus seiner Hand zu nehmen.

Dann verlor Bree jedes Zeitgefühl. Die Dunkelheit einer Nacht, ein Tag und noch eine Nacht vergingen, bevor sie im Halbdunkel der Dämmerung eines weiteren Tages erwachte. Aus der Ferne vernahm Bree eine Stimme, die ihr sagte, dass sie ihre Füße auf den

Boden setzen sollte. Doch als sie versuchte zu gehen, verweigerten ihre Beine den Dienst. Aber zwei Personen gingen neben ihr und hielten sie fest.

Auf der einen Seite war ihre Freundin Nola. Doch zu Brees Überraschung war die Person auf der anderen Seite Mikkel. Mit starken Armen führten sie sie zurück zu der Seekiste, die dem Steuerruder am nächsten stand.

Zuerst saß Bree einfach nur auf der Seekiste, da sie so schwach war, dass sie zu nichts weiter in der Lage war. Ein anderer Wikinger trat zur Seite, und Mikkel übernahm von ihm den langen Griff des Steuerruders. Im zunehmenden Tageslicht vor dem Sonnenaufgang stand er hinter Bree und lenkte das Schiff. Nach einiger Zeit beugte er sich zu ihr hinunter und sprach leise zu Bree: »Egal, wie sehr du mich hasst: Da gibt es eine Sache, die du sehen solltest. Schau mal am Segel vorbei an den Horizont – siehst du den Rand der Erde?«

Ja, Bree sah ihn. Doch zwischen ihr und dem Horizont war lebhafter Wellengang. Sie schluckte kräftig, kam aber dann zu dem Schluss, dass ihr Magen vollständig geleert war.

»Nimm die Ruderpinne, also den Griff hier«, sagte Mikkel. »Steuere auf den Rand der Erde zu.«

Klar, was denn sonst, dachte Bree bei sich. *Viel lieber würde ich dich aus dieser Welt heraussteuern!*

»Nur zu! Nimm die Ruderpinne«, ermunterte Mikkel sie.

Bree saß dort, zu schwach, um dem Ärger, den sie empfand, Luft zu machen.

»Siehst du den Rand der Erde?«, fragte Mikkel sie. »Wenn wir darüber hinwegsegeln, werden wir herunterfallen.«

Bree war sich sicher, dass er sie nur aufziehen wollte. Das konnte er doch nicht ernst meinen. Oder vielleicht doch? Mehr als einmal hatte sie gehört, dass die Erde flach wäre. War es wirklich möglich, über den Rand zu segeln?

Plötzlich drehte sich ihr wieder der Magen um. Sie würgte und beugte sich über die Reling. Doch es war nichts mehr in ihrem Magen, nicht einmal mehr Wasser. Hinter sich hörte Bree ein Kichern. Sie blickte, jetzt noch wütender, zu Mikkel hoch. Dann wurde ihr klar, dass er nicht derjenige gewesen war, der gelacht hatte.

»Tut mir leid, Bree«, sagte Mikkel. »War nur Spaß. Natürlich wirst du nicht vom Rand der Erde fallen.«

»Sicher?«

»Jedenfalls nicht zwischen hier und Norwegen.«

»Na gut, aber zwischen hier und wo sonst?« Sie hasste sich dafür, dass ihre Stimme so verängstigt klang.

»Nicht zwischen hier und irgendeinem anderen Punkt auf dem Meer, der den Wikingern bekannt wäre.«

»Kein Wikingerschiff ist je an den Rand der Erde gekommen?«

Mikkel schüttelte den Kopf.

Zum ersten Mal fühlte Bree sich besser. »Zu schade!«

Zu ihrer Überraschung lachte Mikkel.

Doch im nächsten Augenblick wurde er ein strenger Lehrmeister. »Rutsch mal ein Stück«, sagte er, und sie rutschte näher zu dem langen Griff. »Schau mal über den Rand des Schiffs. Siehst du, wie die Ruderpinne mit dem langen hölzernen Ruderblatt dort unten verbunden ist? Das ist das Steuerruder, das das Schiff lenkt.«

Schon bald hatte er Brees ungeteilte Aufmerksamkeit. Als der Morgennebel sich aufgelöst hatte, folgte Bree bereits Mikkels Anweisungen. Sie erkannte, wie schnell der *Seevogel* selbst auf geringe Bewegungen der Ruderpinne reagierte. Als der östliche Himmel in rosafarbenem Licht erstrahlte, zeigte Mikkel auf die Linie in der Ferne, an der Himmel und Wasser sich berührten.

Bree bemerkte kaum, wie er ihr einen Schöpflöffel reichte, sie einen Schluck nahm und das Wasser drinblieb. Nach einer Reihe kleinerer Schlucke fühlte sie sich in der Lage für einen größeren Schluck. Dann reichte ihr Mikkel ein Stück Fladenbrot. Als er begann, sein eigenes Stück zu essen, begann sie an ihrem Stück zu knabbern.

Nach kurzer Zeit bemerkte Bree, dass ihr Magen sich zum ersten Mal nach vielen, vielen Stunden wieder normal anfühlte. »Hast du mich aus einem bestimmten Grund hierhergebracht?«, fragte sie.

Mikkel nickte.

»Wusstest du, dass es mir besser geht, wenn ich zum Horizont schauen würde?«

Wieder nickte Mikkel. »Bei manchen Menschen ist das so.«

»Danke, Mikkel«, sagte Bree. »Ich hätte das nicht überlebt.«

Er grinste. »Ich weiß. Ich schütze ja nur meinen zukünftigen Reichtum.«

Bree blieb die Luft weg. »Deinen zukünftigen Reichtum?«

»Na, das, was du für mich wert bist.«

Sofort kam Brees gesamter Zorn zurück und sie spürte das dringende Verlangen, Mikkel zu verletzen.

»Das bezieht sich wohl nicht darauf, was ich *als Mensch* für dich wert bin.«

Mikkel wich zurück, als wenn sie ihn geschlagen hätte. Er war von ihrer Ehrlichkeit überrascht, das erkannte Bree. Er hatte nicht damit gerechnet, dass sie verstehen würde, was zukünftig noch geschehen könnte.

Als er gerade etwas dazu sagen wollte, schnitt Bree ihm das Wort ab.

»Du sagst, dass deine Mutter mich als Sklavin brauchen würde. Stimmt das wirklich? Denn wenn du mich stattdessen verkaufen würdest, würde dir das viel Geld einbringen.«

Mikkels Gesicht wurde zu einer Maske: »Das ist mir bekannt.«

Selbst seine Stimme hörte sich steif an. Dagegen

waren Brees Worte heiß vor Zorn: »Und du willst, dass dieser Preis hoch ist. Deswegen riskierst du nicht, dass meine Gesundheit gefährdet wird.«

Mikkel gab ihr eine klare Antwort: »Mein Vater hat dieses Schiff für mich gebaut. Wenn ich zu ihm zurückkehre, dann muss ich meine Schulden bezahlen.«

Bree stand auf. Sie war jetzt so wütend, dass sie nichts mehr erwidern konnte. Mit dem Arm stieß sie gegen die Ruderpinne, sodass das Schiff seinen Kurs änderte. Mikkel griff zu und korrigierte dies sofort. Als das Schiff wieder stabil auf dem alten Kurs war, befand sich Bree bereits in der Mitte des Schiffs.

»Komm zurück!«, befahl Mikkel in einem Tonfall, der keinen Widerspruch duldete.

Als Bree zurückkam, sagte Mikkel zu ihr: »Wenn dir wieder schlecht wird, dann blicke zum Horizont.«

»Auf diese Weise schütze ich deinen zukünftigen Reichtum.« Brees Stimme war voller Bitterkeit.

Doch sein Blick hielt ihrem stand, als er nickte. »Jawohl, so schützt du meinen Reichtum.«

Als Bree wieder von ihm weglief, stieg ein Sturm von Tränen in ihr hoch. Für einige Augenblicke hatte sie vergessen, wo sie war. Sie hatte vergessen, dass der Wikinger, der ihr durch die Seekrankheit hindurchgeholfen hatte, kein neuer Freund, sondern ein Feind war. In dem Land, das sie bald betreten würde, würde er ein Feind für den Rest ihres Lebens sein.

Ihre Furcht vor einer solchen Zukunft erfüllte Bree

mit Schmerz. Wieder hatte Mikkel ihr Vertrauen enttäuscht – und ihre Bereitschaft zu hoffen, dass selbst er für andere etwas Gutes tun könnte.

Doch dann erinnerte sich Bree: *Nicht Mikkel hat meine Zukunft in der Hand, sondern Gott. Ich muss also nicht Mikkel vertrauen, sondern Gott.* Plötzlich fuhr Bree herum, marschierte zurück zu Mikkel und sagte ihm direkt ins Gesicht: »Ich glaube dir nicht«, sagte sie ihm. »Es gibt einen Teil von dir, einen sehr kleinen Teil von dir, der nett ist. Ob du es nun weißt oder nicht.«

Wieder eine Warnung

Als die Sterne am Himmel erschienen, verließen Devin und Jeremy den Pfad entlang der Küste. Geschickt wie Bergziegen überquerten sie die kleine Landbrücke. Dahinter befand sich ein großer grasbedeckter Felsen. Auf der Seite, die dem Meer zugewandt war, stieg der Felsen zunächst an, um dann in der Nähe des Wassers wieder abzufallen. So bildete er einen natürlichen Schutz gegen Wind und Wellen.

Keine Gefahr, ins Meer zu fallen, dachte Devin.

Auf der dem Land zugewandten Seite ragte der Felsen höher auf, sodass man sie vom Ufer aus nicht sehen konnte. In der Mitte ihres Verstecks bedeckte Moos den Boden.

Devin wickelte sich in den Umhang und ließ sich in der weichen Vertiefung des Felsens nieder. Neben ihm ließ sich Jeremy auf der Decke nieder, die ihnen von den O'Neills gegeben worden war. Devin legte sich auf den Rücken und schaute hinauf zu den Sternen. Hoch über ihm erschienen sie einer nach dem anderen. Je dunkler der Himmel wurde, desto heller strahlten die Sterne. Da seine Sicht durch nichts beeinträchtigt wurde, schien ihm der Nachthimmel größer zu sein als je zuvor. Es kam Devin so vor, als bräuchte er nur seine Hand auszustrecken, um Gott zu berühren.

Dann fiel ihm plötzlich etwas auf. So schlimm die letzten Tage auch gewesen sein mochten – sie hätten auch viel schlimmer sein können. Als er komplett verwirrt war und nicht wusste, was mit ihm los war, wurde er von Jeremy gefunden. Als sie eine Unterkunft brauchten, fanden sie die O'Neills. Die Familie bot ihnen ein wärmendes Feuer, Nahrung, ein Bett und Kleidung. Und als er und Jeremy einen Ort zum Schlafen brauchten, hatte Gott ihnen gezeigt, was zu tun war.

Devin nahm sich nicht oft Zeit, um zu beten. Meistens sagte er sich, dass das Bruder Cronans Aufgabe war. Doch jetzt bekam Devin den Mönch aus Glendalough nicht mehr aus dem Kopf.

Er hat gesagt, dass ich ein geborener Anführer bin, aber ich konnte nicht auf Bree achtgeben. Es ist meine Schuld, dass sie von den Wikingern geraubt worden ist.

Seit er sich damals dem fiesen Nachbarsjungen gestellt hatte, wusste er, wie man gewinnt. Und das tat er auch regelmäßig. Aus jedem Wettkampf mit Jungen seines Alters ging er als Sieger hervor. Fast alles, was er anpackte, gelang ihm auch.

Und ausgerechnet jetzt änderte sich das, jetzt, wo es wirklich wichtig gewesen wäre, dass er Erfolg hatte.

Den Blick weiterhin auf die Sterne gerichtet, fing Devin an zu beten. »Ich bin kein Anführer, Gott. Jedenfalls nicht so einer, wie Bruder Cronan sich das vorstellt. Ein Anführer muss stark sein – muss in der Lage sein, Hindernisse zu überwinden – muss gewinnen können. Im Augenblick ist mir aber eher nach Aufgeben zumute.«

Im nächsten Augenblick hörte Devin ein Geräusch. Das Rauschen des Meeres hatte er schon die ganze Zeit im Ohr, aber das neue Geräusch klang anders. Erst ein leises Sausen, dann ein Zischen, so als ob Wind durch eine enge Spalte brauste. Dann das Rauschen von tosendem Wasser, das gegen Felsen klatscht.

Trotz seiner Müdigkeit kroch Devin in Richtung der rauschenden Wellen. Er blieb flach auf dem Bauch liegen, als er über den Felsrand spähte. Das Meer hatte seinen Weg in eine Felsspalte gefunden, die gut vier Meter breit und sechs Meter lang war. Jedes Mal, wenn die herankommenden Wellen durch die Spalte flossen, wurden sie an deren Ende nach oben geworfen. Dabei entstand eine sprühende, weiße Gischt, die das schwache Licht der Sterne silbern färbte. Devin spürte die kleinen Wassertröpfchen im Gesicht und schmeckte das Salz auf seinen Lippen. Das Meer war wirklich etwas Lebendiges.

Als er zu der Vertiefung im Felsen zurückkehrte, schlief Jeremy bereits. Devin legte sich auf den Rücken und schaute wieder hinauf zu den Sternen. Und obwohl die Feuchtigkeit des Bodens durch seinen Mantel kroch, fühlte er sich doch im Innern seltsam warm.

Als eine Wolke über den Sternenhimmel zog, kam ihm eine Kindheitserinnerung in den Sinn: Mama, wie sie sorgfältig die Decken bis unter sein Kinn zog und dabei Psalm 139 flüsterte: »Nähme ich Flügel der Morgenröte, ließe ich mich nieder am äußersten Ende des Meeres, auch dort würde deine Hand mich leiten und deine Rechte mich fassen« (Verse 9 und 10).

Devin hielt einen langen, tiefen Atemzug lang inne. Dann fielen ihm die nächsten beiden Verse des Psalms ein:

»Und spräche ich: ›Nur Finsternis möge mich umhüllen, und Nacht werde das Licht um mich her‹ – auch Finsternis würde vor dir nicht verfinstern, und die Nacht würde leuchten wie der Tag, die Finsternis wäre wie das Licht.«

»Deine Hand wird mich leiten, Herr«, flüsterte Devin. »Deine Rechte wird mich fassen.«

Mit diesem Trost, der ihm tiefen Frieden schenkte, konnte er die Gefahren, die hinter und vor ihm lagen, aus seinen Gedanken verbannen. Als würde er zu Hause in seinem Bett liegen, schlief er ein.

Stunden später wachte er zu den Geräuschen des Meeres auf. Obwohl er sich immer noch in der Vertiefung des Felsens befand, hatte er das Gefühl, als sei er vor jemandem auf der Flucht. Als er den Wellen zuhörte, wie sie sich an der Meeresküste brachen, versuchte Devin herauszufinden, was los war. *Was hat mich aufgeweckt?*, fragte er sich. Er war sich nicht sicher, doch eines stand fest: Er und Jeremy mussten aufbrechen. Devin verstand allerdings nicht, warum. Er wusste nur, dass das von entscheidender Wichtigkeit war.

Grauer Nebel waberte über dem Wasser. Im Halbdunkel vor der Morgendämmerung griff Devin nach seinen Schuhen. Er beugte sich über Jeremy und sagte leise: »Jeremy! Wach auf!«

Gemeinsam aßen sie den letzten Rest ihrer Brot- und Käsevorräte. Schon bald nachdem sie aufgebrochen waren, öffneten sich die Schleusen des Himmels und kalter Regen prasselte eimerweise auf sie nieder. Zusammen mit dem irischen Nebel, der sich im Laufe des Morgens immer wieder bildete und dann auflöste, führte dies dazu, dass sie bald komplett durchnässt waren. Auch ihr Weg war bald aufgeweicht, und zur Mittagsstunde knurrte Devins Magen vor Hunger.

Als ihr Weg sie durch einen Wald führte, entfernten Devin und Jeremy sich ein Stück vom Weg und suchten sich einen ruhigen Platz zwischen den Bäumen. Als Devin sich hinsetzte, um sich auszuruhen, sah er sich seine Schuhe an. Sein rechter Fuß war nass und die Sohle des dazugehörigen Schuhs wies einen seltsam ausgefransten Riss auf. Devin machte sich Sorgen. Er hatte kein Geld dabei und würde nicht zu Hause angekommen sein, bevor der Schuh endgültig unbrauchbar sein würde.

Dann zuckte er mit den Schultern. Verglichen mit all dem, was bereits geschehen war, schien das nicht weiter wichtig zu sein. Notfalls würde er barfuß gehen. Nur: Wie kalt würde es dann sein, wenn sie die Wicklow Mountains erreichten?

In diesem Augenblick wandte sich Jeremy an ihn: »Was denkst du, wo Bree gerade ist?«

»Keine Ahnung«, antwortete Devin.

Doch dann spürte er tief in seinem Innern plötzlich eine Warnung und fühlte sich zum Beten aufgefordert.

»Wir sind auf dem Weg nach Hause«, sagte er Jeremy. »Unsere freundlichen Landsleute werden uns helfen. Wenn wir einfach weitergehen, werden wir unsere Familien wiedersehen. Aber um Bree mache ich mir ernsthaft Sorgen.«

Jeremy nickte: »Irgendetwas läuft gerade schief bei ihr – ich meine, noch schiefer als ohnehin schon …«

Devin stimmte dem zu. »Lass uns für sie beten.« Was auch immer gerade geschah: Er war sich irgendwie ganz sicher, dass Bree gerade in der größten Gefahr ihres Lebens schwebte.

Gottes Kinder

Die Wolke war zunächst ein kleiner Punkt am Horizont, wuchs dann aber innerhalb von Minuten. Sie war flach und hatte auf ihrer Oberseite die Form eines Ambosses. Sie baute sich in einer Art und Weise auf, wie Bree es noch nie gesehen hatte. Als sich das Arbeitstempo der Wikinger unvermittelt änderte, verstand sie, dass sie sich die Gefahr nicht nur eingebildet hatte.

Mikkels Anweisungen waren knapp und schnell: »Segel einholen, sofort!«

Augenblicklich versammelten sich Männer um den Mast, die große Stange in der Mitte des Schiffs. Quer über dem Segel befand sich eine Stange, die Rahe genannt wurde. An ihr war die obere Kante des Segels befestigt. Das Hisstau, ein dickes Seil, verlief von der Mitte dieser Stange durch ein Loch unterhalb der Mastspitze und von dort hinunter aufs Deck.

Als die Wikinger nun das Segel einholen wollten, gelang es ihnen nicht. Ein Wikinger nach dem anderen kletterte den Mast hinauf. Sie alle hielten sich jeweils mit einer Hand fest und arbeiteten zusammen. Als sie versuchten, das Hisstau, das aus Walrosshaut gemacht war, zu lösen, schob sich die ambossförmige Wolke vor die Sonne. Rund um das Schiff nahm das Wasser eine graue, dann grünlichschwarze Farbe an. Aus einiger Entfernung rollte Donner heran.

War es gerade noch heiß gewesen, wurde die Luft nun plötzlich kühl. Sehr schnell nahm der Wind an Stärke zu, und schon bald tanzte das Schiff auf den Wellen.

Auf Deck arbeiteten die Männer fieberhaft daran, alle losen Gegenstände festzubinden. Die langen Ruder waren bereits eingezogen, zusammengebunden und aus dem Weg geräumt worden. Mit schnellen Schritten eilten Mikkel und Hauk auf dem Deck hin und her, um sicherzustellen, dass alles Notwendige getan wurde. Mehr als einmal schauten sie hinauf zur Spitze des Segels.

Unten am Mast stehend, rief Hauk hoch: »Beeilt euch!« Als keiner der Männer reagierte, formte Hauk mit den Händen am Mund einen Trichter und rief: »Beeilt euch!«

Wieder schien ihn keiner zu hören. »Sie können dich nicht hören!«, murmelte ein Gefangener.

In einiger Entfernung leuchtete ein Blitz auf. Der Donner war jetzt lauter und der Himmel grün. Eine Windböe warf Mikkel in Richtung Mast. Er packte den Mast, klammerte sich an ihn und begann dann, ihn hinaufzuklettern. Stoff wirbelte um ihn herum, als er am Segel vorbeikam.

Als Mikkel ganz oben angekommen war, tippte er einem Mann auf die Schulter und zeigte nach unten. Der Mann rutschte am Mast hinunter und landete auf dem Deck.

Inzwischen schaute jeder an Deck nach oben. Während die Rahe – die Stange, an der die Oberkante des Segels befestigt war – hin und her schwankte, arbeiteten Mikkel und der andere Wikinger an dem Hisstau. Als eine weitere Windböe in das Segel fuhr, blähte es sich auf und ließ das Schiff in Richtung Steuerbord kippen.

Auf Deck sprangen alle auf die andere Seite. Als das Schiff sich wieder aufgerichtet hatte, schickte Mikkel den zweiten Mann nach unten. Sekunden später zuckte ein Blitz quer über den Himmel. In dem darauffolgenden Donner zog Mikkel sein Messer aus der Scheide und hieb auf das Tau ein, das das Segel hielt, um es zu durchtrennen. Doch da es ein dickes Seil war und aus zäher Walrosshaut bestand, schaffte er es nicht.

Ganz in der Nähe schoss ein Blitz im Zickzack aus den Wolken hinab ins Meer. Als alles um sie herum vom Schaum des aufgewühlten Meeres weiß war, schwankte der Mast vor und zurück – so, als würde ein Kind einen Stock hin und her bewegen.

Eine weitere Windböe ließ den *Seevogel* ihre Kraft spüren, sodass sich das Schiff wieder weit nach Steuerbord neigte. Als sich der Mast dem aufgewühlten Meer näherte, klammerte sich Mikkel verzweifelt daran.

Wieder wechselten Passagiere und Mannschaft schnell die Schiffsseite und richteten dadurch das Schiff wieder auf. Doch selbst in ihrer Panik konnte Bree die Mastspitze sehen. Im grellen Schein der

Blitze hieb Mikkel erneut auf das Tau ein. Diesmal war er erfolgreich: Er schaffte es, das Tau zu durchtrennen, sodass das Segel hinunterfiel und auf den Menschen landete, die unten auf dem Deck standen. Ein Mann stöhnte vor Schmerz, als die Rahe ihn traf und niederstreckte.

Die Wikinger beeilten sich damit, das Segel einzurollen. Fast ohne den Mast zu berühren, landete Mikkel mit einem dumpfen Schlag auf dem Deck. Bree war erleichtert. Sie wollte nicht, dass Mikkel starb, sosehr sie ihn auch hasste.

Während das Schiff von den Wellen immer wieder emporgehoben wurde und dann wieder hinunterstürzte, hoben die Männer den Mast aus seiner Halterung und sicherten ihn. Markerschütternd grollte der Donner. Als der Regen einsetzte, prasselte er sofort mit voller Wucht auf sie nieder. Der Regen auf Brees Gesicht fühlte sich wie tausend Nadeln an. Schnell gesellte sich Bree zu anderen Gefangenen, die auf ihre Knie sanken.

Jeder presste sein Gesicht aufs Deck und hielt sich die Arme schützend über den Kopf. Alles, was geeignet erschien, wurde als Schutz vor dem Regen verwendet. Schnell führten die Wikinger ein langes Seil an allen Gefangenen vorbei.

»Ich will aber nicht festgebunden werden«, sagte Bree dem Besatzungsmitglied, das zu ihr kam. Im nächsten Augenblick krachte eine Welle über den Bug. Aus Angst davor, weggespült zu werden, griff Bree das Seil und band es sich an ihren Fußknöchel.

Jetzt hörte Bree, wie die Wikinger zu beten begannen. Sie riefen Thor an, den Gott des Donners. Das nächste Mal, als ein Blitz zuckte, hielt ein Wikinger einen Hammer in die Höhe, Richtung Himmel. Der darauffolgende Donner ließ das Schiff erzittern.

Bree lief es kalt den Rücken hinunter. Ihr war bewusst, wie nah die Blitze herangekommen waren. Auch spürte sie die Panik, die sie bei den anderen sah. Weitere Wikinger riefen nun: »Thor!«

Wer ist Thor?, fragte sich Bree. Dann fiel ihr Mikkels Halsreif wieder ein, an dem kleine Hämmer baumelten. Einer nach dem anderen streckten die Wikinger Hämmer unterschiedlicher Größe in die Höhe. Sie flehten um ein baldiges Ende des Sturms.

Der Mann, der Bree am nächsten stand, schwankte vor und zurück. Er klagte: »Was haben wir getan, um dich zu verärgern?«

»Werft die Sklaven über Bord!«, rief ein anderer. Überall auf dem Langschiff wurde die Forderung von anderen Wikingern aufgegriffen: »Werft die Sklaven über Bord!«

Bree wurde von einer Angst gepackt, die nichts mit dem Sturm zu tun hatte. Während sie die Arme wieder über dem Kopf hielt, verbarg sie ihr Gesicht und betete. Doch der Sprechchor der Männer wurde immer lauter, als ein Wikinger nach dem anderen in die Forderung einstimmte.

Bree versuchte, ihre Panik im Griff zu behalten, und sah auf. Nola kam zu ihr und drängte sich dicht neben sie. »Bete«, forderte Bree Nola auf. »Bete im Namen Jesu!«

Der Aufruf verbreitete sich rasch unter den Gefangenen. »Betet im Namen Jesu!«

Doch der Sprechchor der Wikinger um sie herum wurde immer lauter. Sie reckten ihre Glücksbringer zum Himmel und flehten zu ihrem Gott Thor.

Dann beobachtete Bree, wie Hauk zur Mitte des Schiffs kroch. In der Nähe der Stelle, an der der Mast gestanden hatte, kniete er sich hin. Er erhob seine Arme zum Himmel und schien die anderen Wikinger zu einer Art Gebet anzuleiten. Doch statt des Friedens, den Bree stets empfand, wenn ein Christ betete, spürte sie stattdessen tief in ihrem Inneren eine Warnung – eine starke Unruhe, als wenn jemand an einem Tierkäfig rütteln würde.

Wer ist Hauk?, fragte sich Bree. Eine Art Hohepriester, der seine Götter anruft? Wer auch immer er sein mochte: Die Männer taten, was er tat, und folgten seiner Anleitung. Was auch immer hier gerade geschah, ängstigte Bree mehr als der Sturm. Von irgendwoher kamen ihr Bibelworte in den Sinn, die Bruder Cronan ihr einmal im Rahmen seines Unterrichts beigebracht hatte: »Ich bin der HERR, dein Gott. Du sollst keine anderen Götter haben neben mir.«

Als Bree anfing zu zittern, lag das nicht nur an der Kälte. Mit weit aufgerissenen Augen begann sie zu beten: »Heiliger Gott, sie sehen uns als Sklaven an. Aber wir sind deine Kinder.« Weiter kam Bree nicht. Trotz der wilden Schaukelbewegungen des Schiffs kam Mikkel in ihre Richtung. Er kroch auf Händen und Knien wie ein Kind, das gerade krabbeln lernte. Als er Bree erreichte, lief Regen seinen Umhang aus Seehundfell hinunter und rann in Strömen über sein Gesicht.

»Bete!«, befahl er.

»Das tue ich«, sagte Bree. »Ich bete zu meinem Gott.«

»Ach deshalb!«, rief er aus. »Deshalb reagiert Thor nicht. Er ist verärgert, weil du einen anderen Gott anrufst.«

»Mein Gott ist nicht erfreut über das, was *ihr* hier tut«, antwortete Bree.

Und obwohl der Regen zwischen ihnen niederprasselte, schrie Mikkel Bree zu: »Du musst zu dem richtigen Gott beten!«

»Das stimmt«, antwortete Bree. »Ich bete zu dem einzig wahren Gott.«

»Aber Thor ist der Gott des Donners. Er ist der Sohn von Odin, dem Vater der Welt.«

»Ich bete zu einem anderen Sohn – dem Sohn Gottes, meines Vaters.«

»Nein!«, rief er wieder. »Das ist genau der Grund, warum der Sturm nicht aufhört! Thor ist unzufrieden mit uns. Wenn das Schiff untergeht, dann ist das deine Schuld!«

Bree schüttelte den Kopf. Dann erleuchtete der Blitz Mikkels Gesicht, und diesmal sah sie seine Augen. Was sie zuerst für Zorn gehalten hatte, entpuppte sich als furchtbare Angst.

»Mein Bruder«, sagte Mikkel jetzt. »Mein liebster Bruder … Er verschwand im Meer.«

Bree starrte ihn an. *Mikkels Bruder starb in einem Sturm?*

Jetzt erinnerte sie sich daran, wie sie zwischen Mikkel und Devin gestanden hatte, als sie an der Nordküste Irlands waren. Ihr fielen ihre Worte an Mikkel wieder ein: »Wie viele Gräber habt ihr auf eurem Familienfriedhof?« So, als wenn sie ihn geschlagen hätte, hatten seine Schultern gezuckt. Ihre Worte hatten ihn ins Herz getroffen, und er hatte Devin freigelassen.

Inmitten des tosenden Windes sprach Bree: »Tut mir leid wegen deines Bruders.«

»Diese Männer … Ich bin verantwortlich für diese Männer. Ihre Familien …«

Weg war all sein Gehabe. Bree sah nur noch Mikkels Schmerz und seine Angst. Dann bemerkte sie noch etwas: Hauk krabbelte auf Händen und Knien zu seiner Seekiste.

Schon mehrmals während ihrer Zeit an Bord hatte Bree beobachtet, wie er diese Kiste geöffnet hatte. Er hatte dann einen Umhang herausgenommen, um sich zu wärmen, oder ein Stück Fladenbrot. Doch jetzt öffnete er den Deckel nur so weit, dass er gerade mit der Hand in die Kiste greifen konnte. Dort berührte er etwas.

Auf ihren Knien reckte sich Bree weit genug nach oben, dass sie sehen konnte, was Hauk berührte. Durch den peitschenden Regen erblickte sie flüchtig das Bündel aus Seehundfell. Darin befand sich das heilige Buch, das aus dem Kloster gestohlen worden war. Hauk klammerte sich daran, als ob es um sein Leben ginge.

Trotz all der Ereignisse, die um sie herum geschahen, lächelte Bree. Wenn sie richtig vermutete, hatte Hauk die Männer dazu angeleitet, Thor anzubeten. Doch selbst Hauk wusste, dass Thor nicht in der Lage war, seine Gebete zu erhören. Doch Brees Lächeln dauerte nur kurz. Um sie herum stimmten die Wikinger wieder ihre Forderung an: »Werft die Sklaven über Bord! Sie missfallen Thor! Werft sie über Bord und rettet unser Leben!«

Bree hörte ihnen zu. Sie fühlte sich, als würde eine kalte Hand ihr Herz zusammendrücken. Als die Stimmen um sie herum immer lauter wurden, wurde ihr etwas klar: Schon bald würde es keinen Unterschied mehr machen, ob sie Mikkel vertrauen konnte oder nicht. Die anderen Wikinger würden einfach tun, was sie wollten, und Mikkel nicht mehr gehorchen.

Wie eine Warnung wurde Bree schlagartig klar: *Sobald sie sich darin einig sind, was zu tun ist, werden sie es tun!* Und es schien, als würden sie sehr bald einen einstimmigen Beschluss fassen.

»Werft die Sklaven über Bord! Reicht sie Thor zum Opfer dar! Das wird ihn besänftigen!«

Bree schloss die Augen und legte die Arme um den Kopf. Sie hielt sich nicht daran, was Mikkel ihr gesagt hatte, sondern fing wieder an, zum einzig wahren Gott zu beten. In ihrer Panik dachte sie an Jesus am Kreuz, der für ihre Sünden gestorben war. Er war gestorben, damit sie um die Vergebung ihrer Sünden bitten und die durch ihn gewirkte Errettung sowie das ewige Leben erhalten konnte.

Während ihr Leben am seidenen Faden hing, dachte Bree daran, wo sie hingehen würde, wenn man sie über Bord werfen würde. Doch noch etwas anderes kam ihr in den Sinn: Jesus hatte Menschen vergeben, selbst als er sterbend am Kreuz hing.

Ihr schauderte bei diesem Gedanken. *Den Wikingern vergeben? Unmöglich!* Doch der Sprechgesang der Mannschaft wurde lauter. Einer nach dem anderen stimmte mit ein.

»Werft die Sklaven über Bord!«

Bree beugte sich nach vorne und legte den Kopf in ihren Schoß. Sie schlang die Arme um den Kopf und wollte alles um sich herum ausblenden. Doch die Forderung der Männer wurde immer lauter und durchdringender vorgetragen. Dann wusste Bree, was sie zu tun hatte.

Tief in ihrem Innern, wo niemand außer Gott sie hören konnte, betete sie. *Vater, du weißt, dass ich diese Männer hasse. Ich will ihnen nicht vergeben.*

Bree hielt inne und fing dann noch einmal von vorne an. *Vater, du weißt, wie wütend mich diese Wikinger machen. Doch du hast gesagt, dass wir unseren Feinden vergeben sollen, und deshalb will ich das auch tun.*

Kaum hatte sie das gebetet, löste sich der Knoten aus Hass in ihr. Trotz des Regens, der Kälte, der Blitze und des Donners fühlte sie eine innere Ruhe. Trotz aller möglichen Ängste spürte sie Frieden.

Als sie aufsah, sah sie, dass Mikkel immer noch direkt neben ihr kauerte. Der Regen rann immer noch sein Gesicht herunter, und der Wind peitschte unverändert über das Schiff. Der *Seevogel* war ein Spielball der Wellen, die über die Seiten des Schiffs schwappten. Mikkels Augen waren immer noch von Angst erfüllt.

Wenn jemand, der so mutig ist wie Mikkel …

In diesem Augenblick verstand sie, wie sie seine Angst nutzen konnte. Sie schloss die Augen, um nichts sehen zu müssen, und betete erneut: »Herr, ich fürchte mich davor, dich um etwas wirklich Großes zu bitten. Was ist, wenn du mit einer Reaktion noch warten willst? Was ist, wenn du etwas anderes willst als das, wofür ich bete?«

Dann tauchte in ihren Gedanken ein anderes Boot auf einem stürmischen Meer auf – so lebhaft erinnerte sie sich an das Ereignis, als wenn sie selbst damals dabei gewesen wäre. »Herr Jesus, du weißt, wie das damals mit deinen Jüngern war, als sie von Wind und Wellen herumgeworfen wurden. Sie hatten so viel Angst wie ich jetzt. Aber du hast ihnen gesagt: ›Seid guten Mutes, ich bin es; fürchtet euch nicht!‹ Du bist zu ihnen ins Boot gestiegen – und der Wind legte sich.«

Bree hob den Kopf und sah sich um. »Herr Jesus, wir brauchen jetzt ein solches Wunder. Was soll ich tun?« Dann hörte sie es – die leise innere Stimme, von der sie wusste, dass es Gott war.

»Bitte mich doch einfach.«

»Dich bitten?«

»Bitte, und du wirst empfangen.«

Gegen das schrille Pfeifen des Windes neigte sich Bree zu Nola und flüsterte ihr ins Ohr: »Sag allen, dass sie mit mir beten sollen.«

Bree wartete nur so lange, bis sie sehen konnte, wie sich die Botschaft von einem Gefangenen zum nächsten verbreitete. Dann zog sie ihren Fuß aus dem Seil und begann zu krabbeln.

Als Bree sich von den anderen Gefangenen entfernte, wurde sie von Angst erfüllt. Der Regen stach wie Nadeln in ihr Gesicht. Ihr Körper schwankte im Wind. Bree krabbelte an Mikkel vorbei, dann weiter an den anderen Wikingern vorbei, die sie ins Meer werfen wollten. Als sie die Mitte des Schiffs erreicht hatte, stand Bree vorsichtig auf.

Der Wind blies ihr mit voller Wucht direkt ins Gesicht, und sie wurde fast umgeworfen. Sie stemmte sich mit den Füßen gegen das Deck, lehnte sich in den Sturm und schloss die Augen. Sie hatte nur einen Gedanken: laut genug zu beten, damit die anderen Christen mit ihr gemeinsam beten konnten.

Bree sprach so laut, wie es ihr möglich war: »Herr Jesus, in deinem Namen bete ich. In deinem Namen bitte ich dich, das Meer zu beruhigen!«

Mit klopfendem Herzen stand sie dort, wartete und lauschte, ob etwas passierte. Zunächst sah es so aus, als ob nichts geschehen würde. Dann drehte sich der Wind, und Bree spürte ihn im Gesicht. Als das Wikingerschiff nicht mehr länger herumgeschaukelt wurde, öffnete sie die Augen. Sie sah, wie sich die Berg- und Tallandschaft aus Wellen allmählich ebnete. Sie sah, wie das Meer sich beruhigte.

Bree starrte auf die Wasseroberfläche. Sie wurde ganz schwach vor Erleichterung. Mit geschlossenen Augen betete sie wieder: »Ich danke dir, Herr Jesus!«

Andere Gefangene stimmten dort, wo sie gerade knieten, mit ein: »Danke, Herr Jesus!«

Einen Augenblick später hörte der Regen auf. Tränen rannen Brees Wangen herunter: »Danke, Herr Jesus!« Überall um sie herum wurde das Dankgebet aufgegriffen: »Danke, Herr Jesus!«

Land der Wikinger

In den Stunden nach dem Sturm bemerkte Bree, dass sie beobachtet wurde – genauer als je zuvor in ihrem Leben. »Wer ist dieses Mädchen?«, schienen die Wikinger zu fragen. Oft hörte Bree, wie sie sich miteinander unterhielten.

Jedes Mal, wenn ihr Getuschel begann, hatte sie ein ungutes Gefühl. Gott hatte für die Gefangenen ein Wunder vollbracht. Er hatte ihr Leben gerettet. Aber sie waren immer noch Gefangene. Manchmal schienen die Wikinger Bree Respekt zu zollen. Manchmal schienen sie aber auch Angst vor ihr zu haben. Was sollte sie davon halten?

Eines späten Nachmittags segelte der *Seevogel* zwischen einer Inselkette hindurch. »Wo sind wir?«, fragte Bree Mikkel.

Mit Begeisterung in der Stimme antwortete er, dass sie sich vor der Westküste Norwegens befinden würden. Als das Wikingerschiff durch das tiefblaue Wasser pflügte, stand Bree in der Nähe des Bugs. Die felsigen Riffe und die zerklüftete Küstenlinie überraschten sie mit ihrer Schönheit. Sie hatte sich immer vorgestellt, dass die wilden Männer aus dem Norden aus einem rauen und trostlosen Land kommen würden.

Als das Schiff in ruhige Gewässer segelte, erblickte Bree eine kleine Siedlung am Ufer. Als sie dann auf die Berge dahinter blickte, trat alles andere in den Hintergrund.

Bree fing an, sie zu zählen. So etwas hatte sie in ihrem ganzen Leben noch nicht gesehen.

Sie blickte zu Mikkel und sah den Stolz in seinen Augen. Bree hatte keinen Zweifel darüber, wie sehr er sich freute, Norwegen wiederzusehen. Ihn so zu sehen, erfüllte sie mit Schmerz, da sie nun Heimweh nach ihrer eigenen Heimat verspürte. Dann blickte sie wieder zu den Bergen. In der Nähe der Wikingersiedlung ragte das Meer in das Land hinein und bildete so einen natürlichen Hafen. Boote und Schiffe verschiedener Art waren auf das Ufer hinaufgezogen worden. Einige von ihnen waren Langschiffe, die – was Länge und Bauweise anbetraf – mit Mikkels Langschiff vergleichbar waren. Andere waren kleiner, wieder andere größer.

In der Nähe standen einige Häuser, auf deren Dächern Gras wuchs. Vom Meer her stieg das Gelände bis zu bewaldeten Hängen stetig an, bevor es plötzlich steil in die Höhe ging. Bree blickte voller Bewunderung die Gipfel an, und sie wünschte sich, das Aussehen dieser eindrucksvollen Landschaft für immer im Gedächtnis behalten zu können.

Als die Sonne von Westen her die Gipfel der Berge berührte, spürte Bree etwas in ihrem Herzen. Trost, ein leises Gefühl der Hoffnung.

Hoffnung? Wie konnte sie denn Hoffnung empfinden? Das hier war das Land der Wikinger – der

Männer aus dem Norden, die ihr Leben für immer verändert hatten.

Hoffnung … Bree dachte darüber nach. Und dann verstand sie. *Eines Tages werde ich wieder nach Hause kommen. Nicht mehr heute. Auch nicht morgen oder nächste Woche. Aber eines Tages werde ich dort sein. Ich werde wieder bei meiner Familie sein.*

Und alles wird gut sein!

Als Wolken heraufzogen und die Nacht alles in Dunkelheit hüllte, setzten die Wikinger den *Seevogel* am Strand auf Grund. Wenige Augenblicke später begann es zu regnen. Schnell ließen die Männer das Segel auf die Stützen in der Mitte des Schiffs herab. Als der Wind in das Segel fuhr, banden sie es an den Ruderluken fest.

Damit hatte Bree nicht gerechnet. Sie nahm Lil mit, als sie unter dem Segel herging, bis sie so weit wie möglich von dem Ende des Schiffs entfernt war, an dem Mikkels und Hauks Seekisten standen. In der Nähe des Bugs, wo das Segel das Deck nicht vollständig bedeckte, schlug Bree ihr Lager für die Nacht auf. Sie würden bald völlig von Wind und Regen durchnässt werden – das war ihr klar. Sie würden durchnässt sein und frieren. Und doch warteten Bree und Lil direkt an der Seitenwand des Schiffs.

Als die Wikinger fertig gegessen hatten, verließen sie das Schiff, um ihre Freunde zu suchen. Bree versicherte sich, dass Mikkel und Hauk ebenfalls gegangen waren. Nachdem sie zu den Häusern am

Ufer gegangen waren, hörte Bree sie lachen. Sie verspürte Heimweh.

Um das Schiff herum standen vier Wikinger Wache, um zu verhindern, dass einer der Gefangenen entkam. Bald schon schlief Lil ein, doch Bree blieb wachsam. Als es auf dem Schiff still wurde, band sie ihre Decke zu einer Rolle zusammen. Lautlos schob sie zwei kleine Wasserfässer unter eine andere Decke. Als sie alles beisammenhatte, setzte sich Bree auf das Deck und kuschelte sich in ein Rentierfell ein, um sich zu wärmen.

Wenige Augenblicke später berührte jemand Bree an der Schulter. Erschrocken sah Bree auf. In dem schwachen Licht konnte sie Nola kaum erkennen.

»Ihr haut von hier ab, oder?«, flüsterte die Frau ihr ins Ohr. Sie schob Bree ein Bündel zu. »Nehmt das mit, wenn ihr geht.«

»Nein, auf keinen Fall«, flüsterte Bree zurück. »Bitte behalte es!«

»Es ist alles in Ordnung, meine Liebe. Ihr werdet es eher brauchen können als ich.«

»Aber was ist mit dir, Nola? Komm doch mit uns mit.«

»Ihr werdet auf Berge steigen müssen«, antwortete Nola. »Dazu bin ich nicht kräftig genug – ihr schon. Wenn sich euch eine Gelegenheit zur Flucht bietet – nutzt sie.«

Bree griff nach oben und drückte fest Nolas Hand. »Ich werde immer an dich denken.«

Nola küsste Bree flüchtig auf die Stirn. »Gott

sei mit euch«, flüsterte sie und stahl sich wieder davon.

Im Laufe der Nacht schliefen die Gefangenen schließlich ein. Die beiden Wachen auf Brees Seite des Schiffs fingen an, mit den Wachen auf der anderen Seite des Schiffs zu sprechen. Bree war noch wach und auf der Hut. Dann kam der Augenblick, auf den sie gehofft hatte. Als sich eine schwarze Wolke über sie schob, blies der Wind den Regen seitwärts. Alle vier Wachen suchten Schutz unter dem Segel am anderen Ende des Schiffs.

Lautlos weckte Bree Lil. »Pssst, nicht sprechen«, flüsterte sie dem jüngeren Mädchen ins Ohr. Leise ließen sie ihre Bündel vom Schiff auf den Boden fallen und kletterten dann über die Reling. Wie Schatten schlichen sie geräuschlos über den Strand. Nachdem sie eine Baumreihe erreicht hatten und in ihrem Schutz verschwunden waren, blieb Bree stehen, um zu lauschen.

Irgendwo bellte ein Hund.

Anmerkungen

In unserer heutigen Zeit, in der Astronauten auf dem Mond herumlaufen, kann es schnell passieren, dass die beeindruckenden Leistungen der Wikinger in Vergessenheit geraten.

Denkt einmal darüber nach: Jahrzehntelang hat jedes Schulkind in den USA gelernt, dass Columbus 1492 Amerika entdeckt hat. Tatsächlich aber hatten die Wikinger bereits Hunderte Jahre zuvor solche weit entfernten Orte wie das östliche Mittelmeer, Afrika, Asien, Ost- und Westeuropa, Grönland und – ja, auch Amerika entdeckt!

Wie kamen diese mutigen Seeleute zu ihrer Bezeichnung? Manche glauben, dass sich das Wort *Wikinger* ursprünglich auf Männer aus Viken bezog. So hieß früher das Gebiet, in dem der Oslofjord im südlichen Norwegen liegt. Andere dagegen sind der Ansicht, dass sich die Bezeichnung von dem skandinavischen Begriff *vík* (»Bucht« oder »kleine Bucht«) ableitet und »die Männer der Buchten« bedeutet. Männer in offenen Booten schossen aus den Fjorden und fielen über vorüberfahrende Boote her. Diejenigen, die loszogen, um zu plündern, gingen auf einen *víking*. Im 9. Jahrhundert benutzten die Engländer das Wort »Wikinger«, um Piraten und Plünderer zu bezeichnen; damit waren aber nicht jene gemeint, die einfach friedliche Bauern und Fischer im Norden waren.

Es ist wichtig, dass auch wir den Unterschied verstehen. Frühe Berichte, die von Menschen geschrieben wurden, denen die Wikinger etwas angetan hatten, zeichneten ein düsteres und gewalttätiges Bild von ihnen. Diese Menschen, deren Leben, Häuser und Klöster von Wikingern zerstört worden waren, hatten allen Grund, sie so darzustellen. Doch in der zweiten Hälfte des 20. Jahrhunderts haben Archäologen Belege für eine friedlichere Seite der Wikinger gefunden: Menschen aus dem heutigen Skandinavien, die Bauern, Fischer, Händler, Handwerker, Entdecker und Siedler waren.

Genauso wie wir uns heute entscheiden können, wie wir leben wollen, so konnten sich auch die Menschen der Wikingerzeit entscheiden, wie sie leben wollten. Im Laufe der Zeit bekam das Wort *Wikinger* eine breitere Bedeutung. Heute denken viele bei dem Wort *Wikinger* an Skandinavier, die das Meer beherrscht haben. Aber wir verstehen unter dem Begriff auch liebende Familienmenschen, begabte Schiffsbauer und tolle Segler, deren Entdeckungsreisen sie auch zur »Neuen Welt« geführt haben. Für viele Menschen steht das Wort *Wikinger* heute für einen Menschen mit einem starken und mutigen Charakter.

Wenn ihr Norwegen etwas kennt, dann werdet ihr bestimmt die Gegend wiedererkennen, in der Mikkels Langschiff angelegt hat. Bergen ist die einzige Stadt der Welt, die von sieben Bergen und sieben Fjorden umgeben ist. Früher hieß Bergen

Bjørgvin und war die Hauptstadt von Norwegen. Jedoch noch nicht, als Mikkel und Bree dort anlegten. Man nimmt an, dass sich in der Wikingerzeit eine kleine Siedlung namens Holmen an dem Ort befand, an dem heute die Håkonshalle und der Rosenkrantz-Turm stehen.

In der Geschichte, die ihr gerade gelesen habt, erzählt Mikkel Bree stolz, dass die Hebriden zu seinem Land gehören. Im späten 9. Jahrhundert nahm Norwegen die Hebriden in Besitz und beherrschte sie, bis Schottland sie im Jahre 1266 in Besitz nahm.

Denjenigen von euch, die Nordirland kennen, wird der Ausflug von Devin und Jeremy zum »Damm des Riesen« *(Giant's Causeway)* bekannt vorkommen. Er ist jetzt Teil des Weltnaturerbes, Naturschutzgebiet und ein sogenanntes »Area of Special Scientific Interest«, also ein geschütztes Gebiet, das von besonderem Interesse für den Naturschutz ist. Finn MacCool lässt grüßen!

Was geschieht als Nächstes …

Im Heimatland der Wikinger, die sie aus ihrer irischen Heimat verschleppt haben, befindet sich Bree in einem körperlichen und geistlichen Überlebenskampf. Sie weiß, dass sie den Wikingern vergeben muss. Und Mikkel, der Anführer der Wikinger, die sie geraubt hatten, beginnt sich zu fragen: Ist der Gott dieser irischen Christen tatsächlich mächtiger als die Götter der Wikinger?

Die Abenteuer-Reise 2

Das Geheimnis der Silbermünzen

Die Reihe »Die Abenteuer-Reise« umfasst insgesamt fünf Bände und wird in den nächsten Jahren vollständig bei CLV erscheinen.

Lois Walfrid Johnson

Die Abenteuerwälder (Band 1 – 10)

2240 Seiten, Taschenbücher
Artikel-Nr. 255073

Die komplette Serie als Paket! Diese 10-bändige Reihe handelt von den Abenteuern der 12-jährigen Kate und ihrer Familie auf einer Farm im Nordwesten der USA zu Beginn des 20. Jahrhunderts. Nachdem Kates irischer Vater bei einem Bauunfall ums Leben kam, müssen sich Kate und ihre Mutter allein durchkämpfen. Überzeugt davon, dass ihre Mutter Hilfe benötigt, betet Kate für einen neuen Vater. Als Gott jedoch ihr Gebet beantwortet, ist Kate auf die Veränderungen in ihrem Leben nicht vorbereitet. Die Heirat von Kates Mutter bedeutet, Teil einer Familie mit zwei neuen Brüdern und einer neuen Schwester auf einer Farm zu werden.

Für Jungen und Mädchen ab 9 Jahren.